龍狼傳

外傳

龍天子甦醒

目錄

第一章

志狼步行九日九夜

早起的鳥兒相互爭鳴，小動物們在林間穿梭的聲響隱約可聞。

在這片看似祥和的氣氛中，一股讓人感到不舒服的戰慄殺氣正逐步地逼近，令志狼不由得停下脚步來。

他環顧一下四周，發現右前方斜坡細密的竹叢中有個身影晃動著。再定神一看，才發現兩道凶狠的目光正目不轉睛地瞪著他。

（是隻體型龐大的老虎！）

志狼意識到自己正身陷危險之中，而且照目前的情勢看來，他已成了對方的囊中之物，只要他一輕舉妄動，老虎必定會朝他飛撲過來；若他不顧一切地轉身逃開，必將瞬間成爲老虎的盤中飧，就算他的身手再矯捷，終究是敵不過老虎的。

志狼兩脚微張、雙手下垂，穩若泰山地站立著，臉上毫無懼色。

他一動也不動地注視著老虎，老虎也虎視眈眈地回瞪著志狼。

過了好一會兒，老虎輕輕地擺了擺頭，接著牠如同疾風一般，以迅雷不及掩耳的速度向志狼飛撲過去。

志狼當然也不是省油的燈，他早已洞悉老虎的心思，當下立刻出手反擊。

天地之間，只見兩道身影糾纏交錯，打得難分難解。

頃刻間，志狼以凌駕風速的一拳擊中老虎的要害，老虎龐大的身軀在他的脚邊倒下。

眼看著老虎倒在地上，他感到有些心慌。

（事情不應該如此的。）

他原先並沒有置老虎於死地的打算，只想讓牠四肢麻痺，動彈不得。

然而癱倒在眼前的老虎，卻是一動也不動。

志狼蹲了下來，用掌心觸摸老虎的腹部。

（還好老虎的脈搏仍在跳動，呼吸也很正常……看來牠還活著，只是暫時昏迷。）

就在志狼起身之際，他頓時感到胸口一陣撕裂般的痛楚……

他原本以為自己已經掌握住最佳的出拳時機與力道，不料最後仍舊無法全身而退……他搖搖頭，不得不承認自己學藝不精。

最近一年來，志狼跟隨一名叫「左慈」的仙人學習某種絕技。

左慈仙人賞識志狼的天份與才華而傾囊相授，志狼也認眞努力地學習。

然而經過一次又一次的練習，他始終無法體會出其中的精髓。

不久，左慈仙人向志狼表明自己已經傾盡所學，該是他離去的時候了。

「用眼睛去觀看，用心去感受，以意志力去掌握訣竅。」

這是左慈仙人最後對志狼的訓示。

志狼拜別左慈仙人之後，獨自踏上了旅程，這一路行來，已匆匆過了九

天。直到今天，志狼在這裡遇上了兇惡的老虎，在雙方一來一往的交戰當中，他才看清自己武藝不精的事實。

他看著老虎嘴邊掛著的笑容，彷彿在嘲笑自己一般。

志狼當下轉身，快步往樹林明亮的另一端走去。

雲霧緩緩地在林中飄動著，透過高聳林木間的縫隙，隱約可見到左慈仙人居住之地——岩山的山頂。

志狼離開岩山之後，已在這座林中步行了九天九夜，他不但絲毫不覺困倦，甚至連一點饑餓的感覺也沒有，這可能是服用了左慈仙人給予的藥丸的緣故吧！

（是水聲！）

志狼循著聲音的來源，伸手撥開雜草叢生的斜坡，接著便發現了一泓小小的山泉。

只見白燦燦的陽光照射在水面上，閃閃發亮，空氣也顯得清新許多。

志狼來到水邊，掬起一捧水飲用時，水面上隨即浮現出一個少年的倒影。

（這是我嗎？為何看起來如此地陌生？）

志狼不禁回想起發生在自己身上那一段不可思議的經歷……一種怪異的感覺霎時襲上他的心頭。

事情要從志狼被一道奇妙的光包圍之時說起——

他原本只是一個名叫「天地志狼」的平凡國中生，當時正在學校戶外教學旅行所搭乘的飛機上，開心地和同學們玩著撲克牌。

突然間，空中傳來了「志狼、志狼……」的呼喚聲。

志狼不由自主地隨著聲音的來源，往飛機的前端走去，刹那間，他被一道強烈而刺眼的光圈所籠罩。

接著，從光圈之中出現了一條龍，在志狼目瞪口呆，還來不及喊叫之際，

他已被龍吞了進去。

接下來的時間，志狼根本不知道發生了什麼事。

一直到他再度恢復知覺時，才發現自己穿越時空，來到一千八百年前正值三國時代的中國，而且與他同時來的，還有青梅竹馬的玩伴——泉眞澄。

（眞澄現在應該在魏國吧！）

眞澄是被一名叫「司馬仲達」的男子所擄走的。其實，仲達眞正的目標是志狼，但由於志狼在戰鬥時跌落至深谷中，所以眞澄才會被捉走。

事發至今已經過了將近一年，唯一知道志狼還存在於人世的就只有左慈仙人而已。

志狼看著自己倒映在水中的臉，突然注意到額頭正中央的那顆黑痣。

志狼並不清楚、也不在意這顆黑痣是什麼時候冒出來的，然而在這個時代裡，這顆痣卻成了衆人口中具有「天命之相」的特徵，大家認定志狼是上天選派到凡間來治平亂世的使者，因而稱呼他爲「龍天子」。

但對志狼而言，他根本無法相信自己擁有如此超凡的力量，只覺得自己是陰錯陽差在時空中迷了路，而恰巧來到這個時代罷了。

（如果我眞的具有呼風喚雨的本領，爲何先前連面對一隻老虎，也無法按照自己的意志來對付呢？）

一想到這裡，志狼有如發狂般地用手拍打水面，水中倒影頓時消失無蹤。

他再掬飲了兩口水，隨即站起身來。

（究竟該怎麼辦才好呢？）

志狼不禁對未來感到困惑起來。

太陽逐漸地昇起，志狼朝著陽光前進。

他撥開草叢，爬上陡峭的斜坡，視野頓時開闊起來。

眼前寬濶的平原上，盡是縱横交錯的水渠與一塊塊青綠的田地及樹木。

位於正中央一幢幢有著紅色屋頂的建築，則形成了萬綠叢中一點紅的景觀；而在田埂上、道路中，處處可見到行人往來著。

志狼感到胸口一緊，一種渴望頓時充塞心頭。

（好想去看看那些人的臉，聽聽他們的聲音！

這一年來，和自己朝夕相處的只有左慈仙人，我實在很懷念跟人群接觸的日子。

走吧！去看一看、感受一下活著的生氣，或許自己的心情會開朗一些！）

志狼打定主意，懷著期待的心情往人煙處走去，步伐霎時變得輕快許多。

第二章

被誤認為盜賊

一陣吵雜的聲音響起，數十匹馬從志狼的眼前奔馳而過，每一匹馬上都坐著身穿鎧甲、腰佩刀劍的男人。從他們手中所持的旗幟來看，是曹操麾下的軍隊沒錯，而這裡應該就是魏國。

「又有戰事發生了吧！」

圍觀的人群中，一位站在志狼前面的老媼咕噥著。

志狼剛剛從山坡上遙望時還不曾察覺，一靠近村莊才發現村外早已集結了數百騎兵及上千的步兵，他們正在原野上進行作戰演練。

志狼一邊遠遠地注視著軍隊的操練，一邊往遠離人群的道路走去。

（眞沒料到會在這裡遇上軍隊。

不過既然踏入處於戰亂之中的塵世，想來這也是不可避免的吧！

只是一旦他們知道我就是曾替劉備獻策而大破曹操五萬軍隊的「龍天子」——天地志狼時，也不免要瞠目結舌、吃驚不已吧！）

不知是因爲身在魏國，或是許久不曾和人群接觸之故，志狼愈往村莊走去，心中愈發緊張起來。

（眞是可笑，在這裡絕對不會有人認出我來的，有什麼好在意的呢！如今最重要的事應該是依左慈仙人的訓示，好好地用眼睛去觀看，用心靈去感受眼前的一切才是。）

想通了這點，志狼不由得抬頭挺胸，用一種迎向新世界的嶄新心情，邁開大步跨越村口的大橋。

當他穿過村口的大門，往村內走去時，心中僅存的最後一點緊張感立刻消失無蹤。

村莊內有個市集，不甚寬闊的道路兩旁盡是一個緊挨著一個的攤販，吸引了衆多的人潮。志狼先睜大眼睛四下張望後，才放心地在市集中閒逛。

他穿越市集之後，來到一座廣場，這裡同樣聚集了許多人，處處可聞音樂聲及喝斥聲，熱鬧非常。

志狼看完扛舉巨石的大力士、身穿亮麗服裝跳舞的女人們，以及有趣的皮影戲表演之後，擠進另一處圍觀的人群之中。

霎時，一把把在空中迴轉的飛刀映入他的眼簾。

令人感到意外的是，這個將約莫六把小刀輪流拋入空中耍弄的，竟是一個年紀只有八、九歲的小男孩。

（唉……眞是後生可畏！）

小男孩「嘿喲！」一聲後，便將飛刀往站在身旁，一個看起來跟志狼差不多年紀的少女擲去。

少女接住飛刀，並隨即將它拋回給小男孩，飛刀在兩人之間劃出一個「8」字。

志狼看得出神了。不僅僅是因爲他們合作無間，毫無差池的精彩表演，

第二章 被誤認爲盜賊

更重要的是少女的美麗吸引了他的目光。

她的髮長與志狼一般，亮麗且合身的衣服襯托出她窈窕的身段，端莊秀麗的臉龐不時浮現一抹淺笑，是個令男人一見就爲之傾心的美人。

（這裡之所以聚集了最多的圍觀人潮，想來大半是因爲這位美少女的緣故吧！）

「呀喝！」

小男孩把飛刀全部收進手中，接著兩人雙手一攤，向觀衆行禮致意，衆人立刻鼓掌叫好。

「各位大爺一定很想試試我們是不是有眞功夫吧！」

少女往前走一步，如銀鈴般的聲音隨後響起。

「這裡有一顆球，如果我們能夠在球丟出時，漂亮地在空中將它射穿的話，請各位大爺千萬別吝惜你們的掌聲！」

少女手中捧著一顆以絹布包住的球，往圍觀的群衆前走去，她的視線落在志狼的身上。

「這位小兄弟，您想不想試試看呢？」少女將手中的球送到志狼的面前。

「我……」志狼有些驚惶失措。

「請！」少女微傾著頭，微笑地注視著志狼。

（啊！眞是世間少有的絕世美女。）

志狼在心中思忖著。

「哎呀！害什麼臊嘛！」

不知是誰從背後推了志狼一把，志狼踉蹌地接過了球。

「有勞大哥您了。」

小男孩說完便往後退去，用手指著一塊事先準備好的厚木板，板子上坐著兩隻小猴子。

「請把球往這邊丟過來。」

小男孩對著志狼笑道，於是志狼依言將球擲出。

而就在同時，小男孩也射出飛刀，飛刀在空中射穿了球，插在木板上。

「哇！」人群中響起一陣驚呼。

「再一次，而且再強一點……」少女再度將球投給志狼。

「啊？」志狼不明所以。

「您的力道可以再強一些嗎？」少女以充滿自信的笑容說道。

雖然兩人距離約有三公尺之遠，但志狼仍不由得看傻了眼。

「使盡吃奶的力氣把球丟出去吧！」

「不要一見到漂亮的姑娘就整個人全呆了呀！」

旁觀者你一言、我一句地說著，惹得衆人全大笑起聲，就連木板上的猴子也像個傻瓜般吱吱叫著。

「請您不要客氣。」少女催促著。

於是志狼再度拿著球，以極快的速度將球擲出。

「咻」地一聲，小男孩發出的飛刀適時射穿球而後揷在木板上。

「哇！」衆人再次發出讚歎聲。

小男孩雙手一攤，向觀衆回禮。

「感謝您的相助。」

少女來到志狼的面前，用她那雙柔軟細緻的手握住志狼的手來表示感激之意。

「接下來是否有其他人也想試一試呢？」

少女換了一副口氣，一邊向觀衆宣佈著，一邊從志狼的身旁走開。

「想要試一試的大爺必須先付錢，如果我弟弟失誤，沒有將球射中的話，錢立刻奉還，如果射中球的話，錢就是我們的，而我們也會回贈一樣東西送給您作爲紀念。」

少女說著便用香唇往手中的球親了一下。

「這就是我親吻過的球……接下來，就請有意一試的大爺到前面來。」

「我來試試看！」

「我也要。」

「還有我。」

一大堆人拚命地往前推擠，志狼不知不覺便被擠到外圍去了。

「請大家排隊，依照順序一個一個來。」

志狼遠遠地聽著少女的聲音，感覺到自己被少女握過的手心中，還殘留著她的餘溫。

一種渴望突然自志狼的心底湧起，他眞想再看少女一眼。

然而他卻沒有擠過人群的勇氣，最後只好放棄，悄悄地離開了。

志狼繼續往前走去，只見連接廣場的另一條街道中並立著幾家酒樓。飄盪在空氣中的酒菜香引得志狼饑腸轆轆，於是他挑中一家看起來最熱鬧的酒樓走了進去，只見裡面人聲沸騰，高朋滿座。

志狼看了一下掛在牆上那已被油煙燻黑的價目表，向店小二點完菜之後，找了個靠牆的位子坐下。

志狼的母親是出生於北京的中國人，他自幼就從母親那兒學了不少中文，加上他又師承於左慈仙人，因此要聽說讀寫中文並非難事。

不一會兒，熱騰騰的飯菜送上來了，看起來很可口的樣子。

志狼喝了幾口熱湯，一股溫暖的感覺立刻傳遍全身。

追隨左慈仙人修行的那段日子，志狼過的是有如苦行僧一般的生活，三餐吃的是樹木的果實或是藥丸之類的東西，喝的就只是「白」水而已，因此志狼經常處於空腹的狀態下，身體自然也就營養不良了。

如今，久違的飯菜湯一進入腹中，志狼的身體便不由得興奮起來。

他一口一口地品嚐著眼前有如珍饈佳餚般的食物，心中感到無限的幸福。

突然一陣喧鬧聲傳來，志狼抬頭一看，只見五、六個手持長棍的士兵將店門口包圍住。

一時之間，整個酒樓的氣氛變得十分緊張。

「這位軍爺蒞臨小店，不知有何貴事呢？」店小二低聲下氣地詢問著。

「我是徐晃將軍麾下的人，名叫旦馬。聽說有盜賊潛逃到這附近來，所以要進店裡搜查一下。」蓄著一臉落腮鬍的肥胖男人粗聲粗氣地說著。

「盜賊？」

「沒錯，這個盜賊今天早上偷走了曹操大人的一筆軍餉。」

名叫旦馬的男人一邊說著，一邊掃視店內的客人。

「這名盜賊留著一頭亂髮，身穿短上衣，面貌清秀……」

旦馬的視線逐漸地逼近志狼。

「體型瘦削，年約十五、六歲……」

旦馬的話尚未說完，目光瞬間停留在志狼身上，並大吼著：

「就是這傢伙！來人啊！把他抓起來！」

頓時，手持長棍的士兵們全都從店門口衝了進來。

志狼本能地站起身來，擺出反擊的架式。

在拜師左慈仙人之前，他曾經跟隨在關羽身邊習武一段時間，因此要撂倒五、六位士兵簡直是易如反掌。

但是志狼心念一轉，不禁猶豫起來。

（若是在此施展功夫的話，反而會暴露自己的身分；但是如果毫不反抗、束手就擒，最後大概也難逃刑求拷問的命運吧！

唯今之計，就只能夠想辦法先逃了！）

正當志狼心中做出決定，士兵們的棍尖也已經逼近志狼的鼻端。

志狼側身一閃躍上隔壁的桌面，抓起飯菜熱湯往士兵擲去，隨即利用對方驚愕的瞬間，縱身飛越過他們的頭頂。

接著，志狼飛奔出店外，穿越店門口的屋簷逃遁而去。

「被他逃走了，快追！」旦馬大叫。

破裂的瓦片自追趕而來的士兵們頭上落下，有一人先摔倒，接著如滾雪球一般，其餘的也隨著倒成一堆。

「你們這群飯桶，還不快追！」旦馬破口大罵。

士兵們扶起酒店牆上掛著的豬頭，結果不偏不倚地罩住旦馬的頭部，他狼狽的模樣像極一頭正在走路的豬。

店內的客人瞧見這副光景，紛紛發出訕笑聲來。

「笑什麼笑！」旦馬惱羞成怒地咆哮著。

志狼這邊早已飛奔過人煙稀少的大街，原本他想藏身於鬧市之中，但又怕追兵趕上來會造成大騷動，因此改變了主意。

他走到上坡處時，一個拉著大貨車的男人正要下坡來。

志狼立即向左側閃避，誰知對方也閃向同一側；志狼又往右側躲開，對方也是如此。

看情形，那個男人似乎快負荷不了貨車的重量了。

「哎唷喂呀！」男人大叫，眼看著就要向前摔倒了。

說時遲那時快，貨車「吱」一聲後，前端已撞上右邊山壁，而後面也撞上了另一邊的山壁，龐大的貨車車身頓時佔據了整個路面。

「小兄弟，我可被你害慘了！」男人說。

「抱歉，我急著趕路，不是故意的。」

志狼決定從貨車底下鑽過，但他仔細一看，那輛貨車由於承載過重，車輪已經向外傾斜、脫落，使得車底幾乎貼近路面。

「這下子該怎麼辦呢？你也過不去了。」

拉貨車的男人哭喪著臉。

「沒關係，我找到出路了！」

突然間，志狼瞧見旦馬率領的士兵已經追趕而至。

（終於還是追上來了！）

「大叔，得罪了！」

志狼躍上已經傾斜的貨車，以它爲踏板，往面向道路的民宅屋頂飛身而去。又爲了避開追兵的耳目，他特地選擇屋頂的另一面行進。

（「飛簷走壁」果眞比行走於地面多了些掩護啊！）

過了一會兒，志狼停留在其中一棟建築物的屋頂上頭，他稍作觀察之後，

便縱身躍入一個看起來像是後花園的地方。
就在同時，後花園旁的門開了，以旦馬爲首的軍隊出現在志狼的面前。
「哈哈哈，你這小子終究還是難逃我的手掌心啊！」旦馬得意地笑著。
志狼隨手抓起堆放在一旁的鍋子往旦馬等人拋去，再一脚將裝有雞隻的籠子踢得凌空飛起，一時之間鍋盆齊飛、雞飛狗跳，場面一陣混亂。
「抓住他！」旦馬看不清楚情況，但仍咆哮著。
志狼趁亂躍入一家面向街道的飯館，規模比先前那家酒樓更大，而且座無虛席。
志狼穿過擁擠的店內，再度往街道上急奔而去。大街上行人絡繹不絕，志狼左躲右閃地，逃得好不辛苦。
只可惜，身後的追兵仍窮追不捨。
（眞是不死心的傢伙！）

志狼憑著直覺在全然陌生的街道之中繼續狂奔著，他一會兒往右，一會兒向左，逐漸轉入一條小巷中。

剛一左轉，志狼便發現這條道路竟然成鈎狀彎曲著。

志狼開始產生不祥的預感，他愈走愈進去，最後驚覺到自己眞的走進了一條死胡同。

更糟的是，這條死胡同的四周竟是高約三層樓的壁面。

志狼反轉過身，面對著追兵。

「小子，看你還能往哪兒逃！」

旦馬的聲音伴隨士兵們奔跑的脚步聲，逐漸向志狼逼近。

第三章

志狼大展身手

士兵們往狹小的死胡同裡逼近，最後面跟著的是肥胖而氣喘如牛的旦馬。

「你還眞有耐力啊！」志狼嘲笑著對方。

此刻，他正以蓄勢待發之姿站立著。

「來人啊！將這小子拿下！」旦馬咆哮著。

士兵們立即手持棍棒展開攻擊。

志狼吐了一口氣，他先避開第一人揮舞而來的棍棒，然後對著對方的胸口就是一拳；接著又閃開第二個人的襲擊，再施展一個迴旋踢踢向另外兩人。

「哎唷！」

前後不過兩秒鐘的時間，兩人瞬間倒地。

其餘的士兵看見這等場面，莫不膽顫心驚，畏縮不前。

「這……」旦馬張口結舌地呆立著。

「看我的！」一個士兵勇猛地衝向志狼。

志狼正準備閃躲之際，一陣尖銳的叫聲突然自頭頂上響起，士兵立刻驚叫著向後退去。

原來是兩隻比貓還大且有著金色毛髮的猴子，牠們向著士兵們撲去，迎面就是一陣亂抓、猛咬。

面對這種突如其來的變化，就連志狼也看傻了眼。接著，有條繩子拋到志狼的面前。

志狼抬頭一看，一個小男孩正從屋頂上望著他。

「這位大哥，快點攀住繩索爬上來吧！」

（雖然不清楚對方有何意圖，但是看這情形，他應該是出於善意的。）

志狼二話不說，立刻拉住繩子，快速地爬上牆面。

等兩隻猴子也返回屋頂上後，小男孩立刻將繩索收回。

「多謝相助！」

志狼向小男孩道謝，等他一見到對方的臉，不禁驚叫出聲。

眼前對著他笑咪咪的人，正是在廣場表演射飛刀的小男孩。

「走吧！」少女突然自屋頂的另一側現身。

「請問兩位是……」

「我叫『飛飛』，她是我姊姊，叫『梨花』。」小男孩自我介紹。

梨花對著志狼笑了笑，志狼突然覺得有種暈眩的感覺。

「別看得太入迷了喲！」小男孩在一旁笑道。

志狼的心意似乎被小男孩看穿了。

「快走吧！」梨花說道。

一個翻身後，梨花和飛飛在屋頂上疾速狂奔。

「好。」志狼急急忙忙追了上去。

這姊弟兩人的身手猶如猴子一般敏捷，志狼一個失神便被遠遠地拋在後面。

不久，三人便已來到村外。

「下去！」梨花說。

梨花從屋頂上躍下，飛飛跟著也跳了下去，最後輪到了志狼。

志狼由上往下看，不禁嚇了一跳。

（哇！還眞高呢！兩層樓的高度加上屋頂，可有得瞧呢！）

「快跳啊！」飛飛在下頭喊著。

（沒辦法，只好跳了！）

志狼硬著頭皮從屋頂跳下，結果卻還是著地失敗，撞到了骨頭。

「你還好嗎？」飛飛問。

「不要緊……」志狼強忍著痛楚站起身來。

「飛飛，馬！」梨花說。

「是。」飛飛回應了梨花之後，便往某個方向飛奔而去。

志狼正打算跟隨在後時，卻被人抓住了手腕。

「往這邊！」梨花要去的地方正好與飛飛的方向相反。

志狼忍痛追了上去。

他跟著梨花穿越一片雜樹林，來到一處大約人身高度的堤防。只見她輕巧地一躍，跳過堤防，堤防的另一側是陡急的斜坡。

梨花一口氣衝下坡，來到一條佈滿碎石的小河邊才停了下來。

「這裡應該安全了吧？」志狼問著。

他蹲下身來用手汲取河水解渴，飲畢，便以手背隨意地擦拭嘴角。

此時的志狼，渾身上下充滿了男性的魅力，與先前在觀賞飛飛表演飛刀

時的娘娘腔模樣相差了十萬八千里。

「啊！討厭，又追過來了！」

原本注視著志狼的梨花，突然吃驚地將視線看向志狼的背後。

（有馬蹄聲！）

志狼也察覺到了。

他回頭一看，沿河道路的另一端隱約可見十幾個騎兵正朝這邊過來。

（剛剛被錯認爲盜賊的誤會還沒解釋清楚，這會兒又遇上官兵，或許我們應該先藏身於此才是上上之策。）

志狼思忖著，猛一回頭，卻發現梨花似乎看穿了他的心思一般，正以饒富興味的表情注視著他。

「啊……」志狼欲言又止。

「暫時避一下風頭吧！」

接著，她對著志狼會心地一笑。

（果眞被她識破了。）

志狼不禁佩服梨花那靈活的頭腦。

「往這邊來！」梨花對著志狼招呼。

兩人一走上比河岸高一層的路面，便發現道路的對面有間看來相當破舊的倉庫。

梨花走到倉庫後面打開木門，旋即走進倉庫。

志狼跟著也走了進去，並且迅速地把門關上。

倉庫裡陰陰暗暗的，只有靠近天花板處有些許的光線滲入，四周皆堆滿了曬乾的稻草。

騎兵隊的馬蹄聲逐漸地接近倉庫，同時速度也變得緩慢起來。

「好渴！」

屋外傳來說話的聲音，接著馬蹄聲停止下來。
「去汲水過來。」有人發號施令。
（看情形，這隊騎兵似乎打算在此稍作休息。）
志狼思忖著。
梨花對著志狼吐了一下舌頭，接著宛如老鼠一般，鑽進了乾草堆之中。
（原來如此……這樣子可能比較安全吧！）
志狼隨即依樣畫葫蘆，也往乾草堆裡鑽了進去，不料卻因速度過猛，一不小心便撞上了倉庫的牆壁。
這間倉庫由於年久失修，壁面處處可見裂開的縫隙，志狼與梨花便貼著壁面，透過縫隙觀察屋外的情況。
十數匹馬上坐著全副武裝的軍人，其中有一位看來格外地雄壯威武，似乎是權高位重的大人物，他正以傲慢的態度在喝著水。

「原來是徐晃！」身旁的梨花喃喃自語著。

志狼聞言，不禁大吃一驚。

（眼前這位就是傳說中的魏國名將——徐晃將軍嗎？）

「三國志」一書中所描述的種種，立刻從志狼的腦海中浮現。

（這麼說來，不久之後，這位徐晃將軍即將率領曹操軍隊與以孔明為軍師的劉備軍隊交戰了！）

志狼親眼目睹這些歷史人物，又回想起自己存在的那個時代。

這時，坐在馬上的徐晃不知在看什麼。

「那傢伙是不是叫『旦馬』？」徐晃問身旁的士兵。

「是的，將軍。」

「傳他過來！」徐晃命令著。

「遵命。」一名騎兵得令，馬上迅速地跑開。

不一會兒，只見滿臉落腮鬍的旦馬搖擺著肥胖的身軀，在傳令兵的引領之下，來到徐晃的跟前。

「將軍！」旦馬跪拜在地。

「盜賊捉到了嗎？」徐晃問道。

「這個……」旦馬結結巴巴不敢回答。

徐晃冷哼了一聲。

「聽說是偷了你好不容易存起來的薪餉，這件事是眞的嗎？」

徐晃冷冷地問著旦馬。

（什麼？旦馬先前說是曹操的軍餉……原來是騙人的！）

「是……是的，屬下無能。」旦馬立刻跪下叩首。

「雖然這一次失竊的只是你的私人財物，但是盜賊竟敢潛入我方陣營，未免也太膽大包天了！如果不盡速將此人逮捕到案，今後豈不是後患無窮。」

徐晃怒氣沖沖地說。

「是，將軍，屬下一定會將盜賊捉拿到手的。」

旦馬一面忙著叩頭，一面回答。

「走！」

徐晃轠繩一拉，策馬啓程。其餘人員立刻追隨在後，一行人漸行漸遠。

目送著徐晃等人離去後，旦馬這才站起身來，對著衆士兵們吩咐道：

「盜賊一定就在這附近，即使把每一寸草皮翻遍，也要將他揪出來！這是將軍下的命令。」

旦馬從腰袋中取出鮮紅的辣椒，往口中一塞，並以一副神氣的姿態分派任務。

「你們幾個負責這邊，其餘的到那邊去。」旦馬大呼小叫著。

士兵們立刻分成兩路，開始搜尋起來。

志狼豎起耳朵仔細傾聽，待確定脚步聲都已走遠，四周一片寂靜時，才不由得鬆了口氣。

當他撥開乾草，探出身子來時，卻發現梨花早已先他一步鑽出草堆，而且正目不轉睛注視著他。

志狼被看得心跳加速、臉頰發熱，他靦覥地笑了笑，梨花也報以微笑。

（眞美啊！）

志狼再一次在心中讚歎著。

志狼只顧著癡癡地呆望著眼前的美人，突然間，他的鼻子被乾草搔得一陣發癢。

「哈啾！」

他打了一個大噴嚏，沒想到卻引來意想不到的麻煩。

「是誰？」屋外傳來旦馬的聲音。

原來他差遣士兵們分頭去搜索，自己卻坐在原地休息，並沒有離開。

志狼和梨花你看我，我看你的，心想大事不妙了！

果不其然，旦馬開始繞著倉庫搜查起來。

當梨花和志狼再度鑽入草堆中的同時，旦馬已踢破木門而入。

「我知道你在這裡！無恥的小賊！」旦馬對著屋內大叫。

雖然背著光，志狼仍依悉可見旦馬肥胖的身影出現在面前。

（這下子該怎麼辦才好？）

志狼看著梨花，瞧她雙手移動的樣子，似乎打算抽出飛刀來對付旦馬。

（千萬別輕舉妄動呀……）

志狼心中想著如何才能阻止梨花。

「快點給我滾出來！」

手持長棍的旦馬開始往草堆中胡亂戳擊。

而梨花手中緊握著飛刀，準備隨時反擊。

「我就不信沒辦法將你逼出來。」旦馬的聲音在兩人頭頂上方響起。

就在旦馬的長棍正要刺下，梨花的飛刀也即將射出的瞬間，志狼搶先一步伸出手去，一把握住了旦馬的長棍。

旦馬沒料到會有此情況發生，他還來不及出聲，就被跳出稻草堆的志狼在胸口重重的一擊，隨即整個人摔了出去。

「哎唷！」

旦馬悶哼了一聲，由於太過驚訝，使得他的眼睛瞪得老大。

梨花接著也從草堆中跳了出來，志狼握住她的手腕便往門外衝去，一直到兩人回到先前的道路上才放手。

梨花盯著志狼直看，嘴角浮現一抹微笑。

「想不到你的身手這麼好。」梨花說。

「妳過獎了……」志狼回答著。

之後他開始巡視四周，找尋下一步該走的路。

這時，坡上突然出現兩匹無人騎乘的馬，朝志狼兩人這邊奔馳過來。

「來接我們了！」梨花笑著說。

「咦？」志狼還在猶豫。

「馬一到就跳上去！」梨花對著志狼點點頭。

「妳說什麼？」

志狼仍反應不過來，又問一次。

梨花將志狼推向路的對面，使兩人各站在道路的兩旁，方便躍上馬。

「跳！」

隨著梨花的口令，兩人在馬匹來到身旁時，一躍上馬，抓住韁繩。

「等一等……」背後傳來旦馬的叫聲。

旦馬神色慌張地從倉庫追出，但是志狼和梨花兩人已騎著馬向前奔去。

志狼轉頭看看梨花，只見她一派輕鬆的模樣，想必她也是個騎馬好手。

「大哥哥的騎術不錯喲！」

飛飛不知何時已來到身旁，身後還坐著那兩隻猴子。

志狼轉頭看拖著笨重身軀，拚命向前追趕的旦馬，以及呆立在原地的士兵們的身影逐漸地變小，心想應該可以放心了才是。

沒想到一回頭，梨花與飛飛已加快速度向前衝去，於是志狼也急忙拉緊韁繩，追了上去。

第四章

遇見真正的盜賊

志狼一行人乘著馬匹在無人的路上奔跑著，穿越樹木叢生的小山丘，又從農家的屋後經過，一路上幾乎沒有遇見其他的行人。

選擇這樣的路線行進，是梨花特意作的安排。她深怕三個毛頭小子在街道上騎馬狂奔會引來衙役的側目，招惹出不必要的麻煩。

這點令志狼對梨花又多了一絲佩服之意，想不到她年紀輕輕，心思便如此縝密。

一行人來到遼闊的原野，梨花終於放慢馬匹的腳步。

「大哥哥，這個給你吃。」

飛飛轉過身來，丟了一塊燻肉給志狼。

志狼接過燻肉，咬了一口，策馬來到梨花的身旁。

「我叫天地志狼。」志狼自我介紹。

他看著梨花銳利的眼神及緊閉的雙唇，突然覺得難以啓齒。

過了一會兒，志狼終於擠出一句話：

「妳的名字就叫『梨花』？」

「是的，這位是我弟弟……」梨花回答。

「我已經自我介紹過了。」身後的飛飛笑著插嘴。

「叫我一個字──『飛』也可以。牠是『海』，牠叫『空』。」

飛飛不忘介紹騎在他肩上的兩隻猴子，而牠們倆也立刻向志狼打招呼──一隻舉起手來揮揮手，另一隻則露出牙齒，高興地吱吱叫著。

志狼對著兩隻猴子扮了個鬼臉，不料全被梨花看在眼裡，志狼被看得有些不好意思，趕緊轉移話題問道：

「你們爲什麼要幫我？」

「告訴你也無妨，因爲你成了我的代罪羔羊。」梨花笑著回答。

「代罪羔羊？」

志狼一頭霧水，一時之間弄不清楚梨花話中的意思。

（我們兩人的打扮幾乎如出一轍，髮長也一樣，甚至連身高、體型都如此相像，難道……）

「妳就是旦馬要捉拿的那名盜賊？」志狼問道。

「一點也沒錯！」梨花爽快地回答。

「可是……妳不是跑江湖、賣藝的嗎？」

「是的，不過偶爾也會做做諸如此類的事情。」

這句話從梨花的口中說出來，似乎是一件很稀鬆平常的事。

「通常收穫都很不錯哦！」就連飛飛也一副樂在其中的樣子。

「這麼說來，我竟然欠了盜賊的人情？」

志狼的聲音忽然變得有點不自在。

「不必放在心上。」梨花斜睨著志狼。

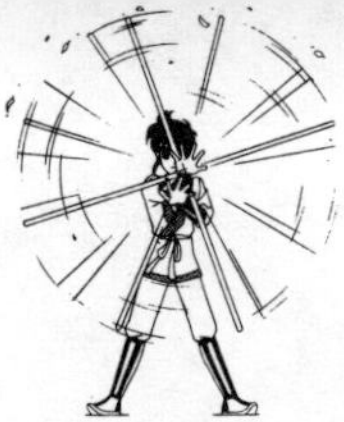

「話不是這麼說，我……」

志狼的聲音愈來愈小，不知如何接下去。

（早知如此，即使使出再粗暴的手段……一個人突破重圍，也會比此刻這種情況要來得好吧！

如今既已受了盗賊的幫助，便成了他們的同夥，說不定反而會因此而惹來不必要的麻煩呢！在既不知此處是何處，身上又毫無分文的情形下，恐怕也只能將錯就錯，暫時先跟著梨花他們了。）

一想到這裡，志狼立刻感覺到一種淒涼的無力感襲上心頭。

「軍隊！」飛飛喊著。

志狼和梨花循著視線望去，遠處果眞有一長列的軍隊在移動著。數百名的騎兵在前，加上數千名的兵士押後，他們似乎正打算橫越平原。

（或許是徐晃將軍的軍隊正在演習吧！）

志狼心想。

「又要打仗了！現在正在荊州的那位人士似乎是曹操的一大阻礙。」

梨花愕然地自言著。

（那不是指劉備嗎？）

他遙望著正在遠處行進中的軍隊，忽然回想起過去自己在這個時代裡所經歷的種種。

大約一年前，志狼經由時空旅行來到三國時代，在偶然的情況下，志狼與眞澄受到劉備軍師「單福」的幫助，而暫時棲身於劉備帳下。

後來，單福負傷身亡，他在臨終前請求志狼接任軍師一職。志狼成爲劉備的軍師後屢獻計策，使得劉備得以區區五千兵力大敗曹軍。

自此之後，志狼便獲得「龍天子」的稱號，揚威漢土。

然而翻閱歷史，並沒有關於志狼就任劉備軍師或是單福過世的記載。

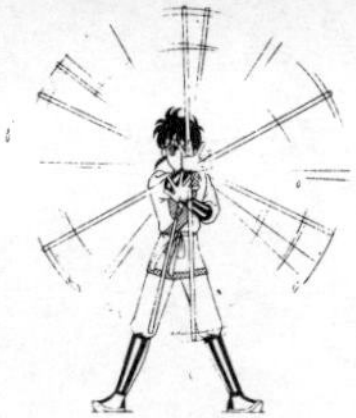

除此之外，目前的局勢確實是依照史書上所寫的進行著；而且在不久的將來，曹操將遣兵數十萬至荊州攻打劉備。

（此刻，孔明先生應該已經在輔佐劉備了吧！）

他不禁爲劉備擔心起來，但他隨即又想到：

（我根本就不屬於這個時代，所以還是盡量置身事外才是上上之策！）

一想到自己身處於距離現代一千八百年前的歷史洪流中，志狼心中不由得籠罩上一片陰霾。

「我們只偷那些壞傢伙的東西。」

飛飛的聲音打斷志狼的沈思，繼續說道：

「我們並非像一般的盜賊一樣亂來的。」

「爲什麼？」志狼回問。

「因爲家父……」飛飛急欲往下講。

「不要再說了！」梨花口氣強硬地打斷飛飛的話。

「是不是有什麼難言之隱？」志狼追問道。

然而飛飛卻不敢再開口，只是緊閉雙唇，低頭不語。

梨花代飛飛回答：

「我們並不想刺探你的來處，因此請你也不要過問我們的事。」

「我瞭解了。這件事就此打住，我不再繼續追問就是了。」

梨花向志狼點點頭，表示同意。

接著她策馬前進，走了幾步，突然又回過頭來注視著志狼說：

「飛飛沒有說謊，我們下手的對象的確只有曹操以及他的軍隊而已。」

話剛說完，梨花便拉緊韁繩，策馬奔馳起來。

等到三人一離開道路，來到小河邊，梨花又停了下來。

（嗯，小歇一下也不錯！）

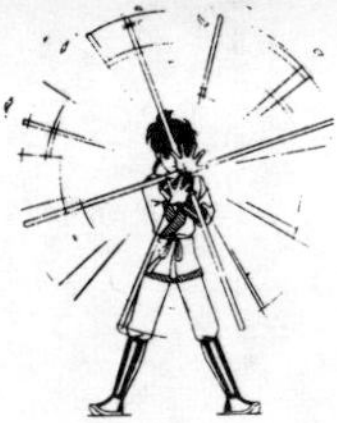

志狼想想也跟著下了馬，在撿起石頭打水漂兒的梨花身旁坐下。
「難道妳一點也不懷疑我的身分嗎？」志狼問道。
梨花一臉疑惑地看著志狼，不知他問這句話的用意爲何。
「如果我向軍隊告發你們的話……」
志狼才剛說完，立刻惹來梨花一陣怪笑。
「一個沒有作壞事，卻被兵士追得滿街跑的人會這麼作嗎？」
志狼爲之語塞，因爲梨花說的確實不假。
「再說，你也不是那種忘恩負義的人吧？」
「嗯。」志狼點頭回答。
（梨花的個性如此坦率，日後要相處起來就容易多了。）
志狼突然覺得心中踏實許多。
「你的衣服破了！」梨花的視線落在志狼的胸前。

「啊？」

志狼訝異地望望自己的胸口，發現先前被虎爪抓過的痕跡還遺留著。

「我替你補一補。」

梨花說完，從腰袋中取出針線來，一把扯住志狼的衣襟便補了起來。

志狼感到十分感動，卻有些不知所措，只好任其擺佈。

他第一次和梨花靠得這麼近，眞有種身在夢中的錯覺。

他望著梨花白裡透紅的肌膚，並感受到從她纖細玉手傳遞過來的體溫，透過衣服直達心坎。

此外，一股淡淡的清香飄入志狼的鼻中，那並不屬於現代與這個時代仕女所喜好的香水味道，反而像是原野中的自然花香。

補好衣服之後，梨花的唇貼近志狼的胸口，準備將線尾咬斷。

志狼望著梨花那鮮紅欲滴的薄唇以及那一口貝齒，不禁看得癡了。

「大哥，你的口水已經聚流成河了！」飛飛在一旁大叫。

志狼連忙用手擦拭嘴角，飛飛卻在一旁笑得人仰馬翻。

（這個調皮的小鬼！）

志狼搖頭嘆息，同時也爲自己的失態感到不好意思。

梨花從志狼身上離開，他瞥了志狼一眼，突然往地上吐了一口口水。這個與她先前柔順態度相差十萬八千里的舉動，讓志狼嚇了一大跳。

其實，這個動作是梨花故意要作給志狼看的。

正當志狼目瞪口呆之際，梨花的身影瞬間在他面前消失。待他反應過來的剎那，梨花竟朝他的腹部踢了一腳。

「妳在做什麼？」

話聲甫落，梨花又向抱住肚子的志狼攻了過來，速度快得教人感到十分意外。

「住手！」志狼避開梨花的拳頭，大聲喊著。

「看招！」

梨花似乎沒有停手的打算，志狼只好和她周旋起來。

事實上，要避開梨花的攻擊並不困難，只是志狼對她這種反覆無常的態度感到十分困惑。

志狼又一個閃身，在躲開梨花的拳頭之後，他的手肘往梨花腋下反擊回去。

「啊！」梨花倒退數步，吃驚地看著志狼。

「妳到底打算如何？」志狼已快發火了。

「正如我所料想的，你有一身深藏不露的好功夫喲！」梨花嬌笑著。

志狼則一臉嚴肅地瞪著梨花。

「別生氣嘛！想不想跟我們一起去許昌呢？」

「去許昌做什麼？」志狼臉上尚有疑惑之色。

「我們需要你的幫助。」

梨花這一次收起開玩笑的態度，以誠懇的口氣對志狼說。

「許昌……」志狼喃喃自語著。

許昌是曹操的根據地。

話說東漢末年黃巾亂起，朝廷大臣認爲起因出於地方武力太弱，決定賦予州牧及刺史兵馬大權，於是漢末各州郡的首長都擁有自己的武力。

自董卓專擅朝政以來，各州郡起兵討伐董卓，董卓挾獻帝西遷長安，州郡遂漸漸脫離中央，形成群雄割據的局面。東漢的統一帝國陷於分崩離析，最後分別併於曹操、孫權和劉備之下。

曹操字孟德，沛國譙縣人，爲人機詐，富於權謀。

董卓之亂時，曹操曾起兵討伐董卓，之後群雄割據，曹操擊破黃巾餘黨，據有兗州，並以此爲根據地逐步發展。後來董卓被殺，漢獻帝從長安逃回洛陽，曹操即率兵勤王，奉迎獻帝，遷都於許昌，遂得以「挾天子以令諸侯」，控制中原。

孫權字仲謀，吳郡富春人，他的爲人氣度宏朗，知人善任，其兄孫策英明有爲，曾乘中原動亂之時，結合志士，據有江東之地。

孫策死後，孫權繼續率領其衆，在江東頗有穩固的基礎。

劉備字玄德，涿郡涿縣人，爲漢景帝的後裔；曾討黃巾有功，原無固定的據地，流離顚沛；又曾一度當上徐州牧，先後依附曹操及袁紹，最後投奔荆州劉表，屯駐在新野。

劉備在群雄中勢力最弱，但因他能以誠待人，禮賢下士，故在荆州時得到大政治家諸葛亮爲之策畫。

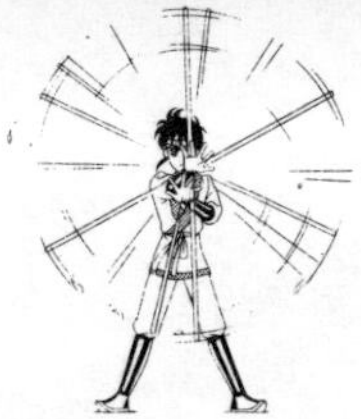

魏、蜀、吳三分天下，歷史上將這個戰亂紛爭的時代稱之爲「三國時代」。

後人並據此爲英雄撰寫事蹟，才有「三國志」的出現。

在還未來到這個時代之前，「三國時代」對於志狼而言，只不過是中國歷史上的一個名詞罷了，如今卻成爲他不得不面對的殘酷境地。

志狼幼時的玩伴——眞澄此刻就在許昌！

眞澄之所以會被擄走，全是因爲志狼的緣故。

志狼自從爲劉備獻策，大破曹操，贏得「龍天子」的盛名之後，有位名叫「司馬仲達」的謀士便一直在打志狼的主意，他急欲將志狼獻給曹操以換取官祿。

首先，仲達擄走眞澄，再放話給志狼，希望他能自投羅網。

志狼本以爲自己能夠順利救回眞澄，誰知仲達並不是一個簡單人物。

負傷的志狼好不容易才因母親所留遺物的幫助而逃離仲達魔手，卻不幸墜落深谷之中。若非被左慈仙人所搭救，恐怕當時志狼早已一命嗚呼了。

眞澄則被仲達送至曹操所在的許昌，在那兒被稱爲「龍仙女」。

（不知道眞澄是否平安？）

志狼實在非常掛念眞澄。

由於這個緣故，「許昌」對志狼而言有著特殊的意義。

站在恩人劉備的立場，許昌是敵人曹操所在的根據地；若以曹操的觀點來看的話，志狼也可稱得上是曹操的敵人。

（不過，如今人人皆以爲「龍天子」已死，在此情況下，許昌之行應該不致於引來紛爭才是。

況且運氣好的話，或許能獲知眞澄的近況，甚至將她救出來也說不定。）

志狼考慮了一下，決定隨同梨花前去許昌。

「好，我去！」

「太好了！」

飛飛高興地跳到志狼的背上，梨花也露出喜悅的笑容。

當晚三人露宿野外，躺在志狼身旁的飛飛與梨花早已沈睡，志狼卻始終無法成眠。他凝望著夜空裡無數閃亮的星星，陷入沈思之中。

（人的命運果眞是生來就已注定好的嗎？）

志狼一向不信占卜之術，總認爲自己的命運應靠自己去開創與掌握。

然而，如今他被困在這個時代裡，僅僅是因爲額上的那顆痣，就被衆人認定是具有「天命之相」，是上天派來終結亂世、一統天下的奇人，這一切未免太湊巧了。

（或許眞的是命中注定吧！否則爲什麼自己會莫名其妙地被帶來這裡。

先是因緣際會地學會了武術，後來左慈仙人又以一句「隱藏的潛能尚未發掘」而命我學習仙術，只可惜自己至今仍無法掌握訣竅。

想不到告別左慈仙人之後，第一個認識的人竟又邀請我一同前往眞澄所在的許昌……）

志狼陷入沈思，他習慣性地把手伸入口袋之中，裡面放的是志狼母親所留下的遺物。

那是個有如小銅鏡一般的徽章，如今只剩下一半而已。

「使命創造命運——因爲具有使命而得以創造命運。」

志狼的母親把遺物交給他時說了這句話。

（或許就是這個徽章……將我的命運與三國時代緊緊地連結在一起也說不定。）

回想被龍吞沒時，徽章第一次發出強烈而怪異的光芒，接著被仲達追趕時，裂成兩半的徽章也曾發出強光，幫助志狼脫離險境。

（徽章的另外一半應該在眞澄的手中，如果兩片合而爲一的話，也許我們就能夠回到現代吧？）

志狼仍不斷地猜測各種可以回到現代的方法。

「睡不著嗎？」梨花不知何時坐起，低頭看著志狼。

「只是想一些事情罷了。」

說完，志狼站起身來。

「你要去哪裡？」

志狼走了兩步，原本背對梨花的他突然轉過身來。

在皎潔月光的照耀下，他的表情看起來是如此的嚴肅，然而從他口中吐出的卻是一句：

「撒尿！」

志狼的回答頓時讓梨花一陣錯愕。

他走著走著，心裡卻仍想著要和眞澄見面一事。

（既然我不是三國時代的人，最好還是不要和這時代的人相交太深，歷史是不容許我去改變的……

眞想找一個不爲人知的處所，和眞澄兩人共同生活，然後再想辦法找出返回現代的方法。）

回家的強烈渴望在志狼的心上盤旋著。

第五章

真澄希求木蓮花

梨花身穿質地光亮、顏色鮮豔的衣裝，帶著一臉燦爛的笑容。

她一手按住袖子，另一隻手持飛刀對準目標，「咻」地一聲射了出去。

志狼登時縮了一下脖子，慶幸刀子不是正對著他的臉射過來。

咻！飛刀擦過志狼的頭髮，插在那塊緊貼著他背後的木板上，與他的頭部相隔不過一吋而已。

「好耶！」圍觀的群衆發出一陣喝采聲。

志狼今天是飛刀秀的標靶，他的手腳張開成大字形，被牢牢地固定在木板上，全身無法動彈。

「再來。」梨花再次射出飛刀。

飛刀射在木板上的同時，志狼不禁叫出聲來，因爲這次飛刀處好插在他的兩腿之間。

「滋味如何？」梨花微笑著問志狼。

「我覺得不太妙。」志狼一臉緊張地回答。

圍觀者聞言，響起一陣哄堂大笑。

「大哥差點就上西天了！」飛飛故意火上加油。

「我想應該不要緊才是。」梨花接著回答。

可恨的是，就連站在飛飛肩膀上的「海」和「空」兩隻小猴子也露出牙齒吱吱笑著。

觀衆們全都樂不可支，唯一感覺不是滋味的只有志狼本人。

「好，接下來換射哪裡？」

梨花笑嘻嘻地再度擺出射飛刀的姿勢。

自出發到進入許昌城裡需費時三日，志狼三人爲了掩人耳目，於是喬裝成江湖賣藝人。

由於他們不可能騎著馬奔馳於街道上，因此由梨花與飛飛坐在馬上，而志狼拉著韁繩步行。

只是這麼一來，行程便延誤許多。

一直到昨日午後，他們三人才進入許昌城中。

許昌四周被高約十公尺的城牆所圍繞，無論是房屋規模或市街的熱鬧程度，在生長於二十世紀的志狼眼中，自然是比不過現代的商業都市。

但在這個時代裡，許昌稱得上是曹操足以誇耀整個中原的大都市。

梨花手持當地官府發給賣藝人的許可證，三人便輕易地進入城中。

在找到客棧落腳之後，梨花便出去了。

等她回來後，手中多了套像玩偶穿的衣服，並示意志狼穿上。

「嗯，很合身！」梨花說。

「妳總不會要我穿成這副德行招搖過市吧？」志狼一副很爲難的樣子。

「當然不是，只是想請你當我們表演時的助手。」

由於身上沒有盤纏，付不出住宿費，志狼根本就沒有拒絕的理由，縱使有百般的不願意，也只好答應了。

就這樣，在許昌最繁華熱鬧的市集上，志狼生平第一遭「粉墨登場」。

然而，更可怕的還在後頭……

梨花只說一句「請站在那裡」，志狼便傻不楞登地往厚木板前一站，接著飛飛快速地將志狼的手腳綁定在木板上，連一句說明都沒有便讓他成了這場飛刀秀的標靶。

志狼當場傻了眼，在眾多圍觀者面前，他只好將滿腹的埋怨全憋住了。

「射！」

最後一把飛刀掠過志狼的頭髮，插入木板後，飛飛迅速替志狼解開繩索。

志狼離開木板後，只見木板上幾十把飛刀繪出一個人形。

「各位大爺，我們表演得如何？」

衆人一陣掌聲，梨花和飛飛理所當然地接受喝采並回禮。

志狼雖然感到有點不自在，卻也學著梨花他們那樣行禮致謝，而猴子們手拿小盆子在觀賞的人群中繞上一圈後，帶回滿滿一盆子的賞錢。

表演結束後，志狼便迫不及待地把一身表演用的服裝換下。

不知怎的，他的雙膝竟微微顫抖起來。

「哇！今天賺得不少耶！」

飛飛急著偷看皮袋裡的賞錢。

志狼瞄了飛飛一眼，連說話的力氣也沒有。

梨花也卸了粧，換回普通衣服後跟了出來。

此刻的她雖已不復先前表演時的光彩豔麗，但是素淨的臉龐依然有著清麗之美，無論濃妝淡抹，梨花都是令人無法不側目的美人。

「妳未免太過分了，事先沒跟我講清楚便叫我當靶子。」

志狼鼓著腮幫子，生氣地抱怨道。

「你不是相信我不會害你嗎？」梨花語帶嘲諷地反問。

「話是不錯，但是好歹總該先告訴我一聲吧！」志狼氣憤地說。

「如果這樣，你大概就不會爽快地答應了。」

（眞是的！）

志狼一肚子悶氣，瞪著梨花。

「不過，姊姊看起來似乎很開心的樣子哩！」飛飛插嘴道。

「姊姊自從和志狼大哥在一起之後，眞的變得快樂多了……」

「你在胡說些什麼呀！」梨花假裝聽不懂，別過臉去。

「去吃點東西吧！」志狼扯開話題。

「太好了，就吃生豬肉片吧！」飛飛跳起來喊道。

「生豬肉片？」志狼不解地反問。

「嗯，很好吃呢！」飛飛眉飛色舞地說道。

所謂的「生豬肉片」是這個時代貴人所享用的食物，作爲宴會時下酒的菜餚之用。

「不行！」梨花一口否決。

「爲什麼？」飛飛問道。

「我們應該要努力多賺一點錢，怎麼可以隨便浪費錢呢？」

「啊……」志狼和飛飛悻悻然地閉上嘴。

（努力賺錢……那不就是說我又要成爲飛刀的標靶？）

志狼的心當下涼了半截。

一說完話，梨花便快步往前走去，無計可施的志狼和飛飛只好嘟著嘴，老大不高興地跟隨在後頭。

出了市集，有一條熱鬧的大馬路。路的兩側並列著高大的建築物，路上人來人往的，推貨車及賣東西的人川流不息。

「眞是熱鬧啊！」志狼自言自語著。

「曹操想要誇耀國力嘛！」梨花不假思索地回答。

接著，不知什麼東西吸引住梨花的眼光，她突然停下脚步來。

「戰事近了！」

「咦？」志狼疑惑道。

循著梨花的視線望去，士兵們正將貨車上堆積如山的木箱運往一幢建築物中。

「那裡是許昌城中數一數二的大商人的宅第。」梨花向志狼解釋。

「木箱裡裝的都是曹操自他國奪取而來的戰利品，如今爲了籌措戰事費用，便將這些戰利品轉賣給這些商人。」

（爲什麼梨花會如此清楚呢？）

志狼心中開啓了小小的疑竇。

「姊，我們去瞧瞧吧？」飛飛興致勃勃地問。

「也好。」

梨花回答後，轉頭看著志狼說：

「你在這裡等我們。」

說罷便與飛飛一起往商人的宅第走去，留下志狼一臉茫然地呆立原地。

這時，路上行人突然擾攘起來，他們紛紛向同一個方向聚集而去。

「丞相來了！」

「龍仙女好像也來了！」

路人七嘴八舌的聲音傳入志狼耳中。

（丞相？龍仙女？）

這些話彷彿五雷轟頂，志狼不由自主地隨著人潮走去。

他奮力撥開人群往前擠，只見到數匹裝飾華麗的馬匹走過面前，看來好像是前導的隊伍。

「丞相出巡耶！眞是難得！」

「好像是帶龍仙女出來散散心的。」

「才不是呢！是丞相擺明想誇耀自己擁有龍仙女。」

圍觀的百姓們你一句我一句地議論著。

一位騎坐著無比華麗馬匹的武將，在無數手持長槍的士兵簇擁下向這邊過來了，這就是漢朝的丞相——曹操本人。

（曹操果眞是氣宇非凡、充滿威勢的人物！）

志狼不敢相信這麼著名的歷史人物，如今竟活生生地站在自己的面前。

而跟隨在曹操之後的是一頂裝飾豪華的轎子。

「是龍仙女坐的轎子！」

路人竊竊私語著。

志狼目不轉睛地注視著迎面而來的轎子，但轎子的正面垂下一道簾子，無法清楚看見裡面坐的是誰。

但是轎子的側面毫無遮蔽，等到志狼終於看清轎中人的面目時，不由得吃驚地瞪大了眼睛。

裡面坐著的是一位身穿公主服裝，並以扇遮口的美麗少女，由她的側臉看來，確實就是眞澄本人。

「眞澄！」志狼不自覺地喊出聲，往前跨了一步。

「喂，閃開！」士兵舉起長槍逼著志狼向後退去。

這麼一阻攔，轎子轉眼間已經遠去。

志狼望著轎子的背影，緊緊握住胸前只剩一半的徽章。

（眞澄，眞的是妳……）

「瞧你見到美女兩眼發直的模樣！」

志狼轉過身去，只見梨花一臉嘲諷的笑容。

「嗯，誰教我生平頭一遭瞧見大人物呢！」志狼心虛地胡謅一番。

「是嗎？」梨花似乎不太相信。

「爲什麼那位少女被稱爲『龍仙女』呢？」

志狼故意裝出一派天眞的口氣。

「這個……我也不知道耶！」梨花含糊地回答。

「聽說是因爲之前她一直和仙人居住在山中的緣故。」飛飛插嘴道。

「眞是可笑！」梨花一副輕蔑的口吻。

遊行的隊伍全部過去了，人群也逐漸地散去。

梨花這才回答志狼的問題：

「所謂『龍仙女』是指和劉備的軍師『龍天子』一起自天而降的少女，據說曹操對她有特別的打算。」

「特別的打算？」志狼心中突然有種很不好的預感。

在這個時代裡，武將同時擁有好幾位妻妾是很平常的事。

（難不成……）

「曹操想娶龍仙女爲側室？」志狼問道。

「沒錯，大家都這麼傳言。」

（什麼？眞澄要嫁給曹操……）

志狼感覺到自己的心臟正劇烈地跳動著。

「一定是受到脅迫的……」飛飛插嘴說。

「難道你迷戀龍仙女嗎？」梨花驚訝地看著志狼。

「啊？不是，我……」志狼隨口搪塞，心虛地先走一步。

「你有心事？」梨花追問。

「姊姊喜歡志狼，才會這麼關心他吧！」飛飛又說道。

志狼驚訝地回頭，飛飛點頭表示這是眞的，肩上的海和空也露出牙齒在一旁附和。

梨花臉上頓時泛起一陣紅暈，冷不防地用手肘撞了一下飛飛，裝作沒事般地繼續先前的話題。

「據說曹操非常信任龍仙女，也經常和她磋商要事。」

「磋商要事？」

「是的，放寬出入許昌的限制以顯示曹操的度量，便是龍仙女的建議，甚至曹操統一中原的戰略，也是出於龍仙女的意見。」

（天啊！我和眞澄都是不屬於這個時代的人，如今眞澄竟成了一個擁有一統天下實力者的參謀……歷史將因此而如何被改寫呢？）

「龍仙女能夠成爲曹操的座上嘉賓且備受禮遇，她應該很滿意目前的生活吧！」

梨花的聲音一直在志狼的腦海中迴盪著。

（不行，我一定要跟眞澄見上一面！但是該如何才能夠見到她呢？）

志狼遠望曹操隊伍的背影，心中不停盤算著。

幢幢緊挨著的高樓旁邊有一棟雄偉的建築物，這裡是曹操根據地的中樞，也是舉行重要會議及接見來客的地方——丞相府。

結束巡察的一行人回到丞相府，眞澄所乘坐的轎子一停，宮女們立刻趕過來服侍她下轎。

「街景如何？」剛下馬的曹操走過來問道。

眞澄從轎中走出，抬頭看著曹操回答：

「出乎意料地熱鬧。」

曹操的臉上浮現滿意的神情。

「這全是龍仙女的功勞。」

誠如百姓所傳言的，放寬出入許昌的限制，確實是龍仙女的主意。

許昌因此而商業大盛，連帶地也造福了百姓，並使得曹操的國力增強。

而今日的出巡，更有與政績相輔相成的效果。

「我只是有話直說罷了。」

「妳的建議向來都是切中要點，對於妳的慧眼，眞令我感到佩服不已。」

「民女惶恐。」眞澄微微低下頭來。

對於自己料事如神的直覺，眞澄感到十分驚訝。

她不過是在曹操詢問自己意見時，照心裡所想的回答而已，怎知道會每次都正好切中問題核心，並帶來意想不到的好結果。

兩人一進入丞相府，以軍師荀彧爲首的高官及徐晃等武將們全都出來迎接曹操及眞澄回府。

儘管眼前盡是熟悉的面孔，眞澄仍然無法消除心中的那份緊張感。

「丞相，我可以回房休息嗎？」眞澄向正打算坐下的曹操問道。

曹操的臉上露出有些困惑的表情。

「等會兒商談國事需要妳在場啊！」曹操說。

「關於兵糧一事，希望能聽聽龍仙女的意見！」身旁的許褚將軍附和道。

「我有點累了。」

曹操注視著眞澄好一會兒之後，終於點頭同意。

「嗯，我知道了，去歇息吧！」

「謝謝。」眞澄向在場衆人行了個禮，荀彧及徐晃等人也隨即回禮。

在丞相府中，不僅曹操，府上所有人全都對眞澄十分尊敬。

「龍仙女請！」

宮女們前來引導，後面還跟著服侍的少女。依這等排場看來，果然不失其「龍仙女」的響亮名號。

眞澄的居所被分配在緊鄰丞相府的高樓上，其中包括有寬敞的廳堂、華麗的寢台、用餐的小房間及書房等，每一間房間都佈置得相當華美。

眞澄回到廳堂，在長椅上緩緩坐下。

「龍仙女請用茶。」

服侍的少女送來了茶與點心。

「謝謝。」眞澄微微點頭說道。

曹操爲了讓眞澄有賓至如歸的感覺，特別選派兩位少女隨身侍奉眞澄的日常生活起居。

他之所以對眞澄禮遇備至，並不是爲了抓住她的心，而是將她視爲「龍仙女」，也就是把她當成來自天上的貴客來對待。

原因則要從眞澄被司馬仲達帶來這裡的時候說起。

當時眞澄從仲達手中拿過志狼身上遺落的那一半小銅鏡時，小銅鏡突然發出強光，將眞澄整個人包圍住，使曹操認定眞澄是來自天上的仙女。

另一方面，眞澄也覺悟到自己必須在這座豪華宅院裡居住下來的事實，因此她覺得自己沒有和曹操敵對的必要。

如今曹操以上賓之禮對待她，眞澄自然應該順水推舟地接受才是明智之舉。

而事實證明，眞澄的誠懇態度的確贏得了曹操的信賴。

對於一個習於衆人諂媚、生性多疑的權力者而言，眞澄無懼的進言眞如上天派來的使者一般。

就這樣，眞澄以「龍仙女」的身分在丞相府中過著表面上人人稱羨、人

人尊敬，但是私底下卻不自由的生活。

原因無他，只因爲眞澄是受曹操倚重、事事諮詢的參謀，勢必需要隨侍在曹操身旁等候召喚，因此她的活動空間就只有自己所居住的高樓而已。

當然，或許她也可以要求曹操讓她在城中自由地走動，然而爲了不引起曹操不必要的猜疑，她只好委曲自己作個順從的客人。

眞澄走出房間，登上「望樓」，眺望許昌的街景及周圍的平原，原本憂慮的心情頓時開朗起來。

「覺得無聊嗎？」一旁有人問道。

來人是名叫周松的老宦官，他看起來一臉慈祥，也對眞澄十分照顧；而且就是他建議眞澄最好不要在城中晃盪，以免招來曹操不必要的猜疑。

據了解，周松是一位對宮中事情知之甚詳，但權力極微的宮中人物。

「是的，最主要是跟隨著曹操大人剛出巡回來，感到有些疲累。」

眞澄回答周松的問話。

「原來如此。」

「曹操的度量如果再大一些就好了。」眞澄喃喃自語。

「啊？」周松一副不解的樣子。

「我時常看到龍仙女一個人躲起來，一副不安的樣子，不知是否有令您感到困惑的事情？」

「沒這回事……」眞澄一邊說著，一邊背過身去。

即使對方是看來可靠的周松，眞澄仍是避免讓他知道太多事，這也是生活在宮中的眞澄所必須遵行的求生處世技巧。

「那是什麼花呀？」

眞澄看見城外丘陵的一角有一片宛如淡紫色雲霞般的花朵，出聲問道。

「是木蓮。」周松回答。

第五章 眞澄
希求木蓮花

「木蓮？」

對一向只知道木蓮的顏色爲白色的眞澄而言，眼前的美麗景象令她感到十分驚訝。

「喜歡嗎？」周松又問。

「嗯，好美！」

「龍仙女想要的話，小的可以替您取來。」

「啊？」眞澄驚訝地看著周松，對方的臉上露出溫柔的笑容。

「那是開放在先帝皇后離宮中的木蓮……」

「眞的嗎？」

「龍仙女一定很想親自到那邊去觀看吧！雖然您無法出去，但若能將它取回的話，想必您也會感到無限欣慰。」

「那就先謝謝你了，周松。」

「您千萬別這麼說……我這就去辦。」周松說罷便告退了。

目送著周松離去，眞澄心中有一種溫馨的感覺。

（周松對我眞是親切啊！

嗯，不只是周松，宮中還有許多人也對我非常地照顧，就連曹操麾下的衆武將也頻頻對我示好。

然而即使如此，我依然不能夠放鬆戒心，畢竟我必須繼續以「龍仙女」的身分在此待下去。）

雖然貴爲「龍仙女」，而且過著不愁吃穿的奢華生活，但眞澄的內心卻感到無比的孤獨。

第六章

志狼為貓所嫌惡

入夜了，天空中的薄雲遮住月光，使得夜色變得更濃。距離就寢的時間還早，後花園裡因爲有屋內透射出的燈光而不致於一片漆黑。

梨花、飛飛以及志狼在屋頂上蠢蠢欲動，他們三人盯著與後花園圍牆相反方向的大倉庫。

白天見到那些由士兵們所搬運的木箱，應該就放置在裡面；據梨花所言，木箱裡裝的全是曹操軍隊的戰利品。

「晚一點再行動或許會比較妥當吧？」志狼抓住梨花的袖子，低聲說道。

屋內燈火通明，隱約可聽見談笑聲，裡頭似乎正在舉行宴會。

「我是指等大家都入睡之後。」

「傻瓜！」躲在志狼背後的飛飛突然冒出這句話。

「爲什麼罵我？」志狼不解地問。

「夜深人靜的，只要一點聲音就會把人吵醒，到時候怎麼辦？」

「哦！」志狼有點懂了。

「商家關閉店門後，在他們吃宵夜的這段時間行動反而比較安全。」

「原來如此。」

「去吧！」梨花低聲說道。

「是！」飛飛回答。

他「咻」地一聲跳下後花園，接著便像小猴子一樣輕巧地往倉庫奔去。

「仔細替我們把風吧！」梨花交代著。

「嗯。」

他似乎感覺到梨花對他嫣然一笑，但是因爲天色太暗，看不清她臉上的表情。

接著梨花飛越圍牆，往後花園直奔而去。

已到達倉庫旁的飛飛，將飛刀插在牆上，以飛刀作爲憑藉攀上屋頂。

隨後而來的梨花則一邊爬上牆，一邊順手將飛刀拔去。

她一上到屋頂，便掀去屋頂上數片瓦片，與飛飛往倉庫跳了進去。

（眞是好身手！）

留在牆上把風的志狼目睹這一切，不由得對兩人的身手讚歎不已。

對志狼而言，他並不贊成梨花和飛飛這次的舉動。

縱使他們三人行竊的目標是曹操軍隊自他國掠奪的戰利品，但是盜賊終究是盜賊，是無法以任何名目改變的事實。

然而站在嫌惡曹操的梨花的立場，卻成了她小挫曹操威風的大好機會。

原本志狼一直堅持不肯同行，但是梨花的態度卻十分強硬，一句「如果不肯，則食宿費用自付」立刻讓志狼妥協。最後，志狼只好勉爲其難地答應了；不過他只負責把風，不下手行竊，同時要求梨花和飛飛不可傷人。

就在這時，志狼突然發現有個物體正在移動。

那物體不是人，而是一隻體型龐大的貓，正沿著牆頭往他這邊走過來。

「去，去！」

志狼揮手驅趕，然而大貓卻不爲其所動，反而逐步逼近，同時還叫個不停。

「去那邊！」

志狼想要去壓貓的頭，然而貓卻頑強抵抗著，怒吼聲也益發地大聲。

最後這隻貓連毛髮也豎了起來，一副隨時會撲上來的架勢。

「抱歉了！」

在無計可施的情況下，志狼只好使出最後一招——趁著貓兒不注意，迅速往牠的鼻尖一彈。

貓兒在一聲尖叫後從牆上跳下，迅速消失在鄰屋庭院的黑暗之中。

志狼聽見一聲短促的口哨聲後，往黑暗中探視，他看見飛飛站在倉庫屋頂上的身影，於是舉起手向飛飛揮舞著，飛飛也隨即回應。

接著，一把綁著繩索的飛刀擦過志狼的肩膀，揷在他身後的大樹上。

志狼解開刀上的繩索，牢牢地將它綁在堅固的樹枝上，而後揮手作暗號。

一會兒，兩個以繩索綑綁住的木箱便從倉庫的屋頂，沿著飛飛之前以飛刀傳遞的繩索往志狼這邊滑降過來。

志狼一接到木箱，立即將它們卸下。同一時間，梨花和飛飛也沿著繩索滑了回來。

「只有這樣而已？」

志狼似乎早已忘記先前自己還很不恥這種行徑，脫口問梨花。

「你不是痛恨『雞鳴狗盜之事』嗎？現在居然說出這種話來！」

梨花語帶諷刺。

「不，不是，我是看你們費了那麼大的工夫卻……」

志狼這才察覺自己失言。

「這些就夠我們吃喝兩、三年了！」

飛飛暗自竊喜著：

（這次總可以大吃特吃生豬肉片了吧！）

「好了，現在打道回府吧！」

「嗯。」

飛飛走在前頭，梨花和志狼則各自抱起一個木箱，哪知志狼突覺臉頰上一陣刺痛。

「哎唷！」

就在志狼驚叫一聲的同時，他一個不留神，連人帶箱一起摔落到後花園中。

他驚惶站起身，眼前竟然站著先前那隻大貓。

眼看著貓兒又將對著自己飛撲過來，志狼本能地用手推開牠，一聲可怖的貓叫聲瞬間響起，貓兒隨後掉落地面。

「志狼，快！」是飛飛的聲音。

志狼抬頭，只見梨花已把自己手中的箱子遞給飛飛，並向志狼伸出手來。

志狼抬起木箱交給梨花，梨花剛一接手，兩人便聽見一聲大吼。

「誰在那裡？」

接著便瞧見火把的亮光逐漸接近。

志狼抬頭一望，牆上站著的梨花正冷笑看著自己。

「接下來的場面就麻煩你了。」

在志狼還來不及反應之際，梨花跟飛飛一起消失在牆的另一頭。

這時，手持火把的家丁們已經紛紛趕到後花園中。

「有人闖入！」

「那邊有繩子！」

「可惡！是盜賊！」

在火把照明的包圍之下，志狼的行蹤暴露出來了。

其實要脫逃並不困難，但是若與梨花他們的路徑相同，恐怕會連累到他們。

（難怪梨花臨走前會丟下那句話！）

「把他抓起來！」

其中有人一聲令下，家丁們全都手持棍棒一擁而上。

志狼抓住最先刺過來的棍子，向迎面而來的其他人掃去，接著大喊一聲：

「有本事過來抓我！」

說完，他隨即往梨花他們逃脫的相反方向拔腿奔去。

（如此一來，梨花他們應該能夠平安回到客棧吧！）

志狼在有如迷宮般的宅第間穿梭，身後的家丁們仍毫不鬆懈地跟隨著。

當家丁們再次準備對著志狼飛撲過來時，志狼瞬間躍起，家丁們頓時全撲空跌成一團。

「快通知官兵們！」混亂中有人喊著。

志狼趁亂往梨花她們逃走方向正對面的圍牆躍過。

「在那邊，賊人往那邊逃了！」

前面突然有聲音響起，路的盡頭出現無數火把的亮光。

這次面對志狼的不是家丁，而是眞正的士兵。

志狼背向火把亮光的來處，全力往前奔去。

這附近的街道看來錯綜複雜，志狼剛轉個彎，心中便有種不祥的預感。

「往哪裡逃！」背後又有嘈雜的人聲傳來。

追兵將至，志狼無路可逃，只好往轉角奔去，眼前竟又出現鈎形的道路。

志狼心中大呼不妙，他這回果然如同前次被旦馬追趕一樣，再次走進一條死巷子。

志狼數一數對方人頭，還好只有四個人。

「喝！」

志狼避開迎面而來的第一人，並送上一拳。接著他再施展一個迴旋踢，踢倒第二個人，再奪去後面一個人的長棍，阻斷其攻勢。

最後反身再踢倒第四個人，全部過程大約只花費十秒鐘，對方連志狼的臉都來不及看清楚便全軍覆沒了。

志狼鬆了一口氣，心想唯有盡速離開現場才是上上之策。

他正打算逃離之際，突然被一雙粗壯的臂膀自後面抱住，於是本能地以手肘用力撞向背後的敵人，而後迅速轉身。

只聽見一聲慘叫，一個肥胖的傢伙揉著肚子站起來。

（哇！眼前的人不是旦馬嗎？爲什麼他會出現在此地？）

志狼正訝異著，沒想到他才一分神，旦馬竟向他飛撲過來，一把抱住他的脚。

「哇！」志狼立刻栽了個大筋斗。

「走開！」

志狼拚命想推開旦馬，然而身材壯碩的旦馬卻如蠻牛一般，死命抱著志狼不放，同時瞪著志狼大喊：

「請讓我追隨在您的身邊吧！」

第七章

旦馬誓言效忠主君

「啊？」志狼意外地看著旦馬。

「請讓我作您的隨從！」旦馬滿嘴口沫地重述一遍。

「我一直在找尋一個值得讓我奉獻一己之身的主君……」

「那又怎樣……」志狼急欲脫身。

「我第一次見到像您這樣武藝高強的人，對我而言您猶如亂世中的一盞明燈，我深信您是一位非凡的人物，同時也是一個很好的主君……」

旦馬滔滔不絕地說著，一點也沒有讓志狼插嘴的餘地。

就在同時，志狼聽見遠處有喊叫聲及脚步聲逐漸接近，想必是另一隊搜捕盜賊的人馬。

「因此，請您讓我成爲您的隨從吧！雖然我除了蠻力之外別無所長，但是只要我一認定主君，就一定會誓死效忠，絕無二心。」

志狼無意跟旦馬糾纏下去，而遠處士兵們的呼喊聲也愈來愈接近，在此

情況下想要脫身恐非易事。
「求求您，收留我吧！」旦馬絲毫沒有放開志狼的意思。
「等等……」
志狼動彈不得。但士兵們的搜尋聲音已近在咫尺，志狼不由得冷汗直冒，而旦馬卻仍舊渾然不知。
「喂，追兵已經追到這裡來了！」志狼大叫著。
旦馬這才如夢初醒般地望著路的另一頭。
「這會兒該如何脫身？」
只見旦馬伸手指著倒在一旁的士兵們身上的衣物。
「穿上它們！」
（看樣子，旦馬似乎是真心想幫助我。）
「我瞭解了。」

志狼點頭示意，旦馬終於放開志狼，讓他起身換衣。

「請站到我的身後。」

旦馬把長棍遞給志狼，自己則往前走去，志狼低著頭跟在後面。

一走出死胡同，便見到五個士兵站在路口。

「這邊已經找過了，大夥往那邊去吧！」旦馬指著另一個方向往前跑去。

士兵們立刻跟了上去。到達十字路口時，旦馬又吩咐道：

「我搜查這邊，你們幾個負責那邊。」

「知道了。」士兵們服從命令，往相反的方向跑過去。

待確定他們已經遠去，沒有危險之後，旦馬才開始對志狼笑了起來。

「安全了。」

「謝謝你的幫助。」志狼也不禁笑了。

「今晚就請暫住我家吧！」旦馬邀請志狼。

「咦？」

「太好了，就這樣決定了吧！」

旦馬自作主張先決定了，又一把勾住志狼的手腕。

「可是……」

「不必擔心，我是丞相的屬下，只要跟我在一起，保證您一定安全。」

（他說的也有道理！與其冒著被人發現的危險回到客棧，還不如暫居旦馬家來得安全。等到明日……再回去和梨花他們會合吧！）

「那麼今晚就叨擾你了。」志狼說著。

「千萬別這麼說。」

旦馬欣喜地抓著志狼的手臂，得意洋洋地邁開步伐。由於兩人身形差距懸殊，志狼看起來就像是一隻被提起的小雞一般。

「請用！」旦馬從腰袋中取出紅色的辣椒遞給志狼。

「啊！」

「放心食用吧！」旦馬將辣椒半強迫地塞進志狼的口中。

「感覺如何？是不是覺得非常地舒暢呢？」旦馬笑著問志狼。

「哇……」志狼被辣得說不出話來。

「送您一些留著吃。」旦馬抓起一把辣椒塞進志狼的褲袋裡。

「這是我獻給您的貢品。哈……」

旦馬大口咀嚼著辣椒，他說完話後便張口大笑。

（怎麼會有人滿口這種東西，還能夠露出一臉快樂的表情呢？）

志狼早已被辣得眼淚快要流出來了！

在旦馬的帶領下，兩人來到許昌城最偏僻的角落地帶，此處觸目可見的破舊房屋，正顯示出該地的混亂不堪。

志狼只見路旁水溝裡涓涓地流著污水，讓人不禁產生一種潮溼、噁心的感覺。

此時正當夜闌人靜的時刻，卻可以聽見某處傳來孩童哭鬧的聲音；「大門敞開」的人家……不，應該說是「無門」的人家較爲恰當，志狼看見裡面坐著發呆的老人；而路旁一間以草蓆隨便圍成的「房屋」之中，甚至還住了一家人。

「到了，就在那裡。」

旦馬指著路尾一間小屋說，隨後打開門招呼志狼進去。

「我回來了，有客人呢！」旦馬對著屋內大呼小叫。

志狼被旦馬推著入內。一踏入屋子裡，他便感覺到屋內所有人的視線全集中在自己身上，而且不知爲何，這些人的眼中看起來似乎含著一股怨氣。

志狼數了一下，屋內共有五人，而且全都是不到十歲的小孩子。

「不好意思，房子很小，加上我姊姊的小孩寄居在這裡……」

旦馬搔搔頭，不好意思地解釋著。

志狼突然有種不受歡迎的感覺，正當他打算轉身離去之際，背後突然傳來「啊！」的一聲，原來是志狼不小心踩到了另一個人的脚。

志狼轉頭望去，只見一個比志狼年輕約兩、三歲，看起來還一臉孩子氣的少女正吃驚地看著志狼。

「這位是我的客人，過來打聲招呼吧！」

聽了旦馬的介紹，少女才安心地走進屋內。

「這位是舍妹美美。」

「歡迎光臨寒舍！」美美說。

「謝……謝謝……」志狼不知道該說些什麼。

「喂，你們把位子讓一讓，沒看見有客人在嗎？」

旦馬很快地把孩子們全趕到牆角。
「你們應該都吃過飯了吧？」
「可是又餓了。」一個小孩子突然冒出一句。
「吃過就好了，快去把棉被鋪一鋪準備睡覺了。」
旦馬把棉被丟給孩子們。
孩子們把棉被放在膝上，一臉茫然地望著志狼這邊。
「坐吧！」旦馬按著不知所措的志狼的肩膀，強迫他坐下。
「美美，去買些酒菜回來。」
「啊！不用費心了，我……」
志狼瞧見屋子裡的情況，實在不想再打擾他們了。
「不必客氣啦！」旦馬根本不讓志狼有說話的機會。
「可是哥，錢……」美美欲言又止地看著旦馬。

「眞是傷腦筋……」

旦馬皺皺眉頭，自懷中拿出錢袋，從中抓起一些錢交給美美。

「這些應該夠了吧！」

「嗯。」美美說著便跳出屋外。

志狼被一群小孩子盯得渾身不自在，卻又苦於無法脫身。

「徐晃將軍對您脫逃一事非常生氣，狠狠地罵了我一頓。」

旦馬說著，便在志狼的對面坐下。

志狼腦中回想起那天的情景……

「我知道偷走錢的人不是您，而是兩個孩子。」

（是梨花和飛飛兩人。）

志狼當然不能告訴旦馬他認得那兩個人。

「就算現在抓到了人，恐怕錢也被他們花得所剩無幾吧！」旦馬接著說。

（等我回客棧分到錢後，拿一些錢還給旦馬吧！）

志狼思忖著。

孩子們的眼睛仍然骨碌碌地瞪著志狼直看。

五個小孩排成一排，從右邊看過去依序是兩個八歲左右的小男孩，緊接著是六歲左右以及另一個更小一點的女孩，最左邊則是一個三歲左右的男孩子。

「這幾個是我最小的弟弟妹妹，還有其他是姊姊的小孩。」

不管客人想不想知道，旦馬自顧自地介紹了起來。

「我姊夫加入劉備的軍隊，去年就已經死了。」

「去年？」志狼問。

「嗯，去年那一場戰役，對方得『龍天子』之助而打了勝仗，不過我姊夫卻送了命。」

當時志狼身爲劉備的軍師，他使用「火攻」之計，以區區五千兵力大破曹仁五萬大軍，沒想到旦馬的姊夫竟然是劉備軍隊中的一員。

「姊姊爲了生計，只好出外作買賣，小孩子便寄放在我這裡。」

「同是一家人，爲何會分別投軍在敵對的軍隊呢？」志狼問道。

「這種事根本不算什麼。對饑貧交迫的百姓而言，從軍是我們唯一能夠生存下去的方法，至於是那一方的軍隊就沒有什麼關係了。」

旦馬臉上浮現一抹苦笑。

「那你……」

「我父親原本是鄭州人氏，在我小的時候，因戰亂而造成家園毀壞，於是當時我便加入袁紹的軍隊。」

「袁紹……」

「然而，袁紹卻因官渡之戰而喪了命。」

志狼趕緊回憶一下所讀過的「三國志」中的歷史。

「我的母親也在那時因病去世。當我千辛萬苦地到達許昌後，我投效了曹操的軍隊，終於混得一口飯吃。」

（原來如此。）

「曹操軍隊的待遇還算不錯，而且有『龍仙女』在，一定不會打敗仗的……」

談到這裡，旦馬像是想起什麼的，突然舉起手來。

「啊……不！我這麼說並不代表我誓死效忠曹操，您才是我眞正的主君！對了，不知道可不可以請教您的大名？」

（連對方名字都不知道就要求作人家的家臣，怎麼會有這麼輕率的人！）

「我叫志狼。」

「好名字！一聽就知道您將來一定會名震天下，到那時，我也可以……」

旦馬一臉佩服的神情。

這個時候，門「嘎吱」地一聲打開了，原來是美美回來了。她的手上拿著一個酒罈，以及裝著如小山一般冒著熱氣的小饅頭的盆子。

「太好了！」

旦馬接過饅頭和酒，擺在兩人中間，而後爲自己和志狼各斟了一碗酒。

「來，我們立誓成爲主從……不，是爲結拜成爲兄弟來乾一杯！」

「結拜兄弟？」志狼接過碗，心中有種怪異的感覺。

「是的，就像劉備、關羽、張飛桃園三結義一樣，三人既是結拜兄弟，又是主僕關係。」

旦馬不讓志狼有插嘴的機會，繼續滔滔不絕地說著。

「將來等您取得城池，成爲眞正的主君之後，我或許也可以變成率領大軍的將軍……我這種人當將軍聽起來似乎有些奇怪，不過，即使只是空想而

已，我也覺得很開心。您知道嗎？我連作夢都會夢見這種情形呢！」

旦馬看了志狼一眼，不好意思地笑了笑，但他的眼中充滿期待。

「來，乾杯！」

旦馬說罷，便捧起碗來一口氣將酒飲盡。志狼則勉強地啜了一口，一陣辛辣的熱流頓時傳遍他的全身。

（戰爭眞是殘酷啊！

少數人只爲了個人的權勢利益而發動戰爭，卻使得多數的無辜人們喪失寶貴的生命，就連大難不死的遺族也因而嘗盡辛酸與痛苦。

爲了求得生存，父子兄弟分屬敵我兩方的軍隊兵戎相見，就連旦馬這樣的老好人也爲了生存而拚命著……）

志狼的心中無限感慨。

「最近將會發生一場大戰呢！」

正在大口咬著饅頭的旦馬突然冒出這句話。

「你是指攻打荊州這件事嗎？」

「啊！不愧是我的主君，早就預知天下大勢了。」旦馬開心地笑了起來。

（我還是安靜地聽他講話，不要隨便發表意見比較好。）

志狼低下頭來啜了一口酒。

「我好不容易才找到您這位可以追隨的明君，卻又要跟著原來的軍隊上戰場打仗，這樣我未免有些像傻瓜……不如您自立門戶，我替您召集兩百名左右的士兵，以獨立軍隊的名義和曹軍聯合作戰，您說這主意如何？」

志狼一點一點地啜著酒，他仍然沈默不語，心中卻想著──

（這個人眞是天眞啊！組織軍隊？說得比做的容易！招募士兵是需要資金的，這筆錢要從哪裡取得呢？更何況，我連想都沒想過這種事，將來也不打算去做。

第七章 旦馬

誓言效忠君主

不過話説回來，對旦馬而言，或許這正是能夠幫助他脱離目前生活的唯一方法，所以他才會有這種想法吧！）

「以您的武藝加上我的蠻力，必定能夠輕鬆打倒許多敵軍，也能得到不少獎賞。」

旦馬滿臉通紅，嗓門也開始大了起來。

「美美，到那時，妳就不必像現在這麼辛苦，手頭便可以寬裕一點了。」

坐在角落的美美紅著臉，不好意思地看了一下志狼。

這時旦馬竟往地上一躺，不由分說地便打起呼睡著了。

志狼目睹此景，突然覺得很好笑。

明明一個身材魁梧、性情豪邁的大個子，一碰上酒卻完全沒輒了。

「我哥經常如此，讓你見笑了。」美美替旦馬蓋上被子後說道。

「不過他卻是一個好哥哥。」

美美對著志狼會心地笑了笑。

志狼不經意地往牆邊一瞄，發現倚在牆邊的孩子們正目不轉睛地瞪著這邊盤子上剩餘的饅頭。

「吃吧！」志狼把盤子推向孩子們那邊。

「啊！可是……」美美一臉爲難的樣子。

「沒關係，他們看起來似乎很餓的樣子。來吃吧！」

「哇！」孩子們眼睛一亮，一個個拿起饅頭啃了起來。

「妳也來一個吧！」志狼遞一個饅頭給美美。

「謝謝……」

美美猶豫了一下，最後還是接過饅頭，坐下開始吃了起來。

「我想開始作生意。」

「咦？」志狼沒料到美美會冒出這一句話來。

「我希望哥哥能夠離開軍隊。」

「爲什麼？」

「軍隊隨時都有可能上戰場，也就是隨時可能會戰死。萬一不幸的事情眞的發生了，教我們該怎麼辦才好……」美美說著，淚水便在眼中打轉。

（唉！這麼小的孩子就必須整日懷著不安的心情過活，眞是可憐！）

「原來如此，我會找機會勸勸妳哥哥的。」志狼輕聲安慰美美。

「眞的嗎？」

「嗯。」

美美露出放心的笑容。

明知希望不大，志狼仍暗自下決心，要將美美的憂慮傳達給旦馬知道。

而此刻的旦馬，卻渾然不知地呼呼大睡著。

第八章

林間目睹血案

咚咚咚……志狼被一陣急促的敲門聲驚醒。

「旦馬，旦馬！」

有人在門外喊著，志狼一聽，彈坐而起。

「是誰？」睡眼惺忪的旦馬詢問著。

「將軍緊急傳喚，叫你立刻到城上去。」門外的人急促地說。

「什麼？」旦馬仍搞不清楚狀況。

「立刻到城上！了解了嗎？」

「喔，知道了。」

旦馬一邊回應著，一邊搖搖晃晃地起身。

睡在一旁的美美隨即跳起，迅速汲來一桶水，準備供旦馬洗臉之用。

（眞是個聰慧敏捷的女孩！）

志狼在心中稱讚道。

「八成是徐晃將軍想要進行緊急演練吧！」

旦馬一邊洗臉，一邊向坐在屋內另一角的志狼解釋著：

「我很快就回來了。請您不必客氣，把這兒當成自己的家。」

「喔！」志狼半睡半醒地回答。

「再見！」旦馬打開大門，走了出去。

美美目送著旦馬離去，隨後不安地看著志狼。

「放心，他不是出征作戰。」志狼搖搖頭說道。

「我去作早飯。」

美美木然地點了點頭，隨即開始生火，準備早飯。

志狼注視著美美，心裡想著必須早點回到客棧和梨花她們會合才行。不過似乎應該等到街上熱鬧之後再出去比較好，因此他決定吃完早飯再離開。

不久，孩子們也都起床了，一屋子的人便一起吃著加鹽的稀飯。

此時突然傳來一陣尖銳的叫聲，美美抬頭一看，立即發出尖叫聲，並一把抱住志狼。

原來是一隻猴子正從小窗口向屋內審視著。

（啊……是「海」！不，是「空」？哎呀！反正是其中一隻就對了。）

「不用擔心，這隻猴子是我的朋友。」志狼對著美美說，接著站起身來。

「啊？」美美不了解志狼的意思。

「我的意思是——牠是我朋友養的猴子。」

志狼把臉從窗口探出去。

一聲口哨聲傳來，他抬頭一看，只見飛飛在屋頂上對著他笑。

「知道了。」志狼回答。

一個身影自飛飛身旁躍下，拍了一下志狼的頭，原來是梨花。

「不要打我的頭！」

志狼故意提高嗓門，然而梨花卻沒什麼反應。

「我們有事找你幫忙。但是你放心，這次不是去偷東西。」

「現在？」志狼訝然問道。

梨花點了點頭。

「好，不過可以先借我一點錢嗎？」志狼問。

「錢？」

「因爲我要回報人家的諸多招待。」志狼指指身後說道。

梨花看了眼一臉惶恐不安的美美後，面無表情地從腰包裡掏出一些錢來。

「這樣夠不夠？」梨花問道。

「夠了。」

梨花果然是一個聰慧的女子，她拿出的金額足足可供旦馬一家人優渥地生活十天左右。

「外頭見。」梨花會意地離開門口。

志狼轉身朝著美美走去。

「很抱歉，我臨時有急事，必須馬上離開。」

「急事？」

「嗯，非去不可。不過我一定會回來的，請妳轉告令兄。」

志狼也不確定自己將來是否會食言，然而也只能先這麼對美美說了。

「這些錢請妳收下，算是謝謝你們招待我那些酒與饅頭。」

志狼把錢放在美美的手中。

「啊！這怎麼可以……」美美更加不安了。

「沒關係的，妳去買點好吃的東西給小孩子們吃吧！」

志狼把錢硬塞給美美，她只好收下。

「謝謝。」

「那麼，我走了。」志狼說罷，便轉身步出大門。

只見門外不遠處，梨花和飛飛正在那兒等著。

「滿不錯的藏身之所嘛！」梨花語帶諷刺。

「不是的，是偶然……」

志狼正想解釋，不料梨花卻湊近志狼胸前，煞有介事地嗅著。

「嗯，身上有女孩子的香味……」

「妳不要亂說！」志狼立刻閃開。

「哈哈……姊姊在吃醋了！」

飛飛像看好戲似地在一旁插嘴，卻被梨花當頭敲下一記。

「哎唷！」飛飛哀號著。

「走了啦！」梨花別過臉，往前面走去。

距志狼三人離開旦馬家已經三個鐘頭了。

三人騎上在城外早已備好的馬匹，越過平原，進入丘陵地帶，再登上狹窄的山路，最後他們終於到達山丘林間的一處空地。

志狼從樹林間的縫隙可以俯瞰許昌街道的全景。

「究竟是什麼事啊？」

「等一下就知道了。」

梨花坐在岩石上監視著許昌街上的動靜，只簡單地回答這麼一句。

「她從昨天開始就一直這樣說，連我也搞不清楚是怎麼一回事。」

飛飛嘀咕著。

「不但如此，連生豬肉片也沒著落了。」

「爲什麼？」

志狼對飛飛也不知道梨花的計畫，覺得非常訝異。

「姊姊不知道跑哪兒去了，你又還沒回來……」

飛飛仍爲吃不到生豬肉片一事感到忿忿不平。

「終於來了！」梨花喊著。

志狼和飛飛立刻靠在梨花身旁，一起往許昌的方向望去。

話說許昌這邊，一列隊伍正緩緩在筆直的街道上行進。開道的是一隊騎兵，接著是將軍模樣的行伍，而後是數輛華麗的馬車，最後則是載著貨物的馬車。

志狼一看就知道這並非單純的軍隊出巡，反而像是王公貴族出遊的行列。

「這隊伍有什麼特別的嗎？」志狼詢問身旁的梨花。

「曹操要去狩獵。」梨花回答。

「狩獵？」

「龍仙女也一起同行呢！」梨花瞪著志狼說道。

「咦？」志狼看著軍隊，猜想眞澄會坐在哪一輛馬車上。

「不過……今天早上曹操緊急召集軍隊，如果說只是單純爲了狩獵而已，未免有些奇怪……」

梨花望著行進的隊伍喃喃自語著。

志狼覺得梨花心中似乎有什麼打算，想到這裡，他不禁懷疑地看著梨花。

「太好了，這眞是個千載難逢的好機會。如果我們緊追不捨的話，說不定有機可乘。」

「妳到底在打什麼主意？」志狼克制不住內心的好奇。

沒想到梨花突然換上一臉嚴肅的表情，並且從口中淸楚地迸出兩個字來：

「曹操……」

志狼不解地注視著梨花。

「我要用這雙手殺了他！」

「因爲……」飛飛正要開口，卻在梨花嚴厲的眼神逼視下住口。同時，他的神情也出乎意料地嚴肅起來。

「妳不會是在開玩笑吧？」志狼想確定自己剛剛沒聽錯。

「不是。」梨花低聲回答，表情依然十分嚴肅。

「可以告訴我原因嗎？」

梨花也從岩石上跳下來，面向志狼站定。

「如果妳不告訴我原因，恕我無法幫忙。」

「我不能夠告訴你。」梨花斬釘截鐵地說。

志狼看出梨花的眼中有著一絲猶豫。

飛飛則不發一語地看著梨花許久，直到梨花再度凝視著志狼說：

「如果你肯答應的話，我就幫你達成誘拐龍仙女的願望。不過，大前提是你必須先助我一臂之力。」

（看樣子即使我再怎麼追問，梨花也不會鬆口的。但是，我眞不願就這麼不明不白地答應。）

志狼沉思著。

「你大概認爲我在胡鬧吧！」梨花突然問志狼。

「我確實是這麼認爲。」志狼點了點頭。

「你最好不要對自己太有自信。」

梨花一句話還沒說完，就突然從志狼面前消失，在他還弄不清楚到底是怎麼一回事之前，卻發現他自己的身體已被梨花提了起來。

「啊！」志狼驚叫。

梨花抓住志狼的衣領，接著腳下一掃將他摺倒，再把他的手反折，同時用手肘頂住他的下顎。

「就算沒有你的幫助，飛飛和我兩個人，總有一個可以找到機會偷襲曹操。」

不遠處，飛飛正一臉憂心地在看著他們倆。

「妳眞以爲單憑你們兩人之力，就能夠突破曹操周圍重重的戒備嗎？」

志狼仍想勸梨花打消暗殺曹操的念頭。

梨花輕笑著。

「就因爲在城中礙手礙腳的，所以我們才會等待像狩獵這樣的機會來臨。既然是狩獵的話，當然就只有少數幾個人陪著曹操在原野上奔馳，如此一來，若是我們能夠掌握好時機的話，一定可以成功的。」

梨花說著，手勁又加重了一些，讓志狼幾乎快無法呼吸了。

「你到底幫是不幫？」梨花又問一次。

「假使我不肯呢？」志狼仍不肯屈服。

「都到這種時候了，你還說這種話！看來只好暫時把你吊在樹上，直到事情結束。」

梨花說著便用繩子將志狼的手腳綁住。

（好強悍的女人！）

志狼感覺到心上像是有塊大石頭壓著，不過卻不完全是為了梨花。

「好吧！但是我有個條件。」

「什麼條件？」

「除非眞是有十足的把握，否則我們不可以行動。假使我們眞的苦無機會下手的話，就必須中止這一次的計畫。」

「這個嘛……」梨花猶豫著。

「我不想看到你們死了或是受傷。」

聽見志狼這句話，梨花的臉上浮現意外的表情。

「答應我！」志狼語氣強硬地說。

「好。」就在梨花回答的同時，她也放開了志狼。

「我相信你。」

雖然梨花的口氣依舊不好，但是志狼卻可以感覺到她的眼中有著異樣的光采。

「我就知道你一定會答應的。」飛飛如釋重負地跳到志狼的肩上。

「喂，好重喲！」志狼叫著。

「自從遇見了志狼之後，我們的運氣就變得更好了，是吧？姊。」

「嗯。」梨花同意地點了點頭。

「遇上我會運氣好？爲什麼？」

（這會兒，他們倆運氣好又干我什麼事了？）

志狼滿腹疑惑。

「我曾聽人說過，額頭中央有顆黑痣的人乃具有『天命之相』，這種人擁有很強的運勢。」梨花解釋道。

「果然是眞的吔！好準。」

騎在志狼肩上的飛飛用手指撫摸著志狼額上的痣。

「我認爲可以向你借到『好運』。」梨花說。

（又是「天命之相」！來到這個時代，每個人都說我具有「天命之相」，說什麼這是一種可以左右天下的命相，又說什麼我擁有超越天命的力量……

就連左慈仙人也是因爲如此，才推薦我擔任劉備的軍師。

然而，我根本不相信自己擁有什麼超凡的命相和神奇的力量，我只是個誤打誤撞來到這個時代的平凡現代人罷了。）

「我們走吧！」

梨花跳上馬背，飛飛隨後也上了馬，而心情沈重的志狼則走在最後。

志狼並不清楚梨花爲什麼要刺殺曹操，或許她是爲了個人私怨，也或許是受到某人的指使。

然而對志狼而言，這些都不重要，他擔心的是萬一曹操在此被暗殺成功，往後的歷史將會變成如何？

志狼知道自己是絕對不能去改變歷史的！

反之，若是梨花行動失敗的話，歷史雖得以保持原貌，但是梨花卻是必死無疑。

基於道義，志狼無論如何都必須勸說梨花打消刺殺曹操的念頭，但是究竟應該以何種理由才能夠說服梨花呢？志狼對此感到苦惱不已。

就在志狼苦思的同時，帶頭的梨花停了下來。

三人在林木稀疏的山崖之上，望著山腳下曹操的狩獵隊伍。

「他們來了！」飛飛略顯不安地說著。

「嗯，這裡沒有辦法埋伏。」

梨花仍專心地觀察著周遭的地形。

過了好一會兒，梨花調轉馬頭，往來時的方向走去。

「怎麼了？」志狼問。

「我們找另一條捷徑。」

梨花策馬前進，一會兒又轉入陡峭的斜坡。若以三人行進方向來說，志狼三人與曹操隊伍的方向正好相反。

「我大致知道曹操狩獵的場所位於何處，若循著曹操一行人同樣的路前去，我們勢必無法突破嚴密的防線，因爲道路兩旁皆沒有能讓我們藏身的地方，所以我們只有找尋其他的小路。」

「哇，姊姊，妳眞是聰明！」飛飛佩服地說。

於是三人騎著馬走下斜坡，越過沼澤等險地，最後走到遼濶的山谷，這裡有一條小路是通往曹操狩獵場地的捷徑。

梨花就在這裡停下了馬，三人在林間等候。

就在這時候，小路前方傳來馬車的聲音。

志狼仔細一看，來的是一列正往捷徑行進中的隊伍——馬車數輛，前後各有五、六匹馬護衛著。

「看來曹操周圍的警戒並不嚴密嘛！」志狼放心了許多。

「不，那些並不是軍人，更不是曹操的隊伍。」

梨花一如往常，冷靜地分析道：

「隊伍裡全是官場人士，護衛前後的則是家丁。」

志狼又仔細審視了一次隊伍，果然如梨花所言，那些人並不是曹操的隊伍，而是某位大官的車隊。

「縱使如此，一旦我們被他們發現了，還是不容易脫逃啊！」

志狼擔心地說。

「我們不會被發現的！你總是長他人志氣、滅自己威風。」

飛飛不服氣地瞪著志狼。

「別那麼說！」

梨花斥責道，並接著說：

「等到了狩獵場之後，對方就會放鬆戒心，到時馬匹也已疲累不堪，這一點對我們非常有利。」

梨花下了馬，將馬繫在樹旁，自己則在突出地面的樹根上坐下，並用竹筒汲水飲用。

眼見對方的隊伍也在此時停下休息，志狼於是跟著下了馬，跟梨花取過

竹筒喝水解渴。

就在這時，突然又傳來急遽的馬蹄聲，志狼和梨花不約而同地相視對望。

兩人急忙往路邊一跳，接著躲在草叢之中準備一探究竟。飛飛也急忙躲了起來。

不僅志狼他們後來的馬蹄聲感到好奇，就連先前停下的馬車那一方人馬也露出訝異的表情。

不一會兒，一隊騎兵來到跟前。從對方所舉的旗幟來看，他們是隸屬於曹操麾下的軍隊。

大約有一百人的人馬將車隊從後面整個團團圍住，一個身穿鎧甲、像是隊長模樣的男人站在隊伍前頭問道：

「你們是周松一行人嗎？」

「是的。」一個男人從領頭的馬車窗探出，他回答騎兵的問話。

「我們接受丞相的招待，準備參加狩獵，由於出發晚了，因此試著走捷徑，以便追上丞相他們的隊伍；雖然一路難行，但好歹也縮短了行程。」

「你是誰？」身穿鎧甲的騎兵隊長傲慢無禮地詢問。

「我是周松的弟弟。」車上的男人回答道。

「周松呢？」騎兵隊長又問。

「他去參加朋友的喪禮，晚點才會到。」

自稱是周松弟弟的男人慢條斯理地說明。

騎在馬上的隊長點了點頭，「咻」地拔出劍來。

周松的弟弟一臉詫異地看著對方突如其來的舉動。

「我乃奉丞相之命，前來收拾你這個叛徒。覺悟吧！」

「怎麼會……」周松的弟弟一臉錯愕。

「動手！」

隊長劍往下一揮，接獲指示的騎兵立刻向著馬車行伍發動攻擊，守護行伍前後的家丁首當其衝被斬殺。

騎兵隊隨後縱火燃燒馬車，馬車內的人紛紛衝出車外，卻不幸被守候在外的士兵們一一殺死，一時之間，現場彷彿人間煉獄一般，血流滿地、哀號之聲四起。

志狼躲在草叢中，不禁吃驚地瞪大了雙眼，茫然地看著這一幕。

「不要看！」

梨花拚命抱住飛飛的頭，而好奇的飛飛卻掙扎地想要抬起頭來。

「救命啊！」

一位看來和飛飛同年紀的少女突破重圍跑了出來，結果不幸被一個士兵發現，他立刻追了上來。

「往哪裡逃！」士兵的劍一揮，往少女的背部斜砍一刀。

「啊！」少女慘叫一聲，隨即向前仆倒。

追過來的士兵又在已倒臥在地的少女身上無情地補上一劍。

可憐的少女發出最後一聲微弱的叫聲之後，終於斷了氣。

冷酷的士兵用腳踢一踢少女的屍體，確定少女真的毫無氣息之後，才放心地離開，只留下因驚恐而張大雙眼的少女的臉，無言地望著穹蒼。

「不准看！」

梨花拚命地抱住飛飛，不想讓他目睹這殘忍的一幕，然而瞪大雙眼的飛飛卻掙脫梨花的懷抱，目不轉睛地瞧著。

馬車熊熊地燃燒著，痛苦、呻吟之聲處處可聞。

身穿鎧甲的士兵們來回巡視，只要一發現馬車裡還有人，立刻將其拖出，並毫不留情地殺死；不論男女老幼，無一倖免。

不過一會兒光景，現場已是屍橫遍野，血流成河。

「絕不能留下半個活口！」隊長喊道。

「是的，全都死了。」

「好，收隊。」

隊長命令一下，騎兵隊立即整理好隊伍，往死去一行人即將前往的方向快馬加鞭而去。

（這群騎兵大概是打算往狩獵場去吧？）

急促的馬蹄聲漸行漸遠，山谷又恢復到先前的安靜，唯一不同的是空氣中瀰漫著濃濃的血腥味。

飛飛推開梨花的手，從草叢中跳出。

「飛飛！」梨花慌忙追出。

飛飛害怕地望著側臥在地上的少女屍體，接著又往道路的方向跑去。

「飛飛，不要看，不許看！」

緊追而來的梨花從背後抱住飛飛，但是飛飛再次用力推落梨花的手，繼續往前跑去。

道路上只剩下未燃燒殆盡的馬車，以及層層相疊的屍首。

「完全一樣，跟那個時候完全一樣……」

飛飛喉嚨中發出有如夢魘一般的聲音。

「不要看，不要啊……」梨花大叫著。

梨花死命抱住飛飛，淚水在她的眼眶中打轉著。

「一模一樣……和娘、伯父、伯母……大家被殺時的情形一樣……」

飛飛繼續喃喃說道。

志狼悄悄來到兩人身旁，只見飛飛全身不停地顫抖著。

第八章 林間目堵血案

第九章

曹操拒絕認錯

「丞相下令誅殺周松一族人？」眞澄感到驚訝萬分。

駐紮在狩獵場的帳篷之中，侍女正向眞澄稟報這個消息。

「這是眞的嗎？」眞澄再度問婢女，她希望是自己聽錯了。

「是的。」

「奴婢是從和參與誅殺陣容的士兵同一軍隊的人那裡得知這個消息，所以這應該不會錯才對。」

「丞相爲什麼要殺害周松一族人呢？」眞澄感到十分茫然。

（更令人覺得不解的是，周松有非遭受如此悲慘下場的理由嗎？）

「據說是因爲周松被人發現前往先帝皇后所在的離宮，而因此被認定有謀反的企圖。」侍女接著報告。

（周松到離宮……）

眞澄突然回想起那日在高樓上和周松的對話，當時周松曾答應她要去離

宮取來木蓮以博取她的歡心……

「錯了，錯了！」眞澄喃喃自語。

眞澄不由得站起身來，繞過侍女的身旁，往帳篷外走去。

「龍仙女，您要去哪裡？」

眞澄不理會侍女的呼喚，逕自往前走去。

她萬萬沒想到周松竟爲了自己的一句話而招致謀反的罪名，更落得如此悽慘的下場。

眞澄在心中對自己說，無論如何一定要向曹操解釋清楚，還周松一個清白才行。

狩獵的陣營位於廣闊草原的中央，四周以兩、三層的帳篷包圍住，並有許多士兵守衛著。

中央部份則有幾個特別大的帳篷，曹操就在最大的那一個帳篷之中。

「龍仙女，請止步。」在帳篷前守衛的士兵攔住眞澄的去路。
「請讓我進去，我有話要對丞相說。」
「這個……」士兵猶豫著。
「無論如何，我非見丞相一面不可！」眞澄提高音量喊著。
「外面發生了什麼事？」帳篷裡傳來曹操的聲音。
「龍仙女有話想稟報丞相。」士兵恭敬地回答。
「沒有關係，請她入內。」
「是的。」士兵拉開帳篷入口的布簾，低頭請眞澄進去。
一進到裡面，眞澄見到正由侍者幫忙更換狩獵服裝的曹操。
「有什麼事嗎？」
「我聽說您派人將周松一族人全部殺死？」眞澄直截了當地質問。
「嗯，妳也知道這件事？」

曹操看著眞澄，靜待下文。

「您殺錯人了！」眞澄不停地搖頭。

「周松是爲了替我取得木蓮才到離宮去的，根本不是和先帝皇后串通，密謀反叛！」

「妳說的是眞的嗎？」曹操訝異地注視著眞澄。

「當然是眞的。」眞澄毫不猶豫地回答。

「周松絕對不是那種背叛丞相的人，請丞相立刻收回成命！」

曹操聞言不禁嘆了一口氣。

「太遲了！」

「啊！」眞澄驚呼。

「我派去的人馬，此刻大概已經完成任務了。」

「什麼？」眞澄吃驚地摀住嘴巴。

「不過幸好周松因事遲了一步，並未與他的族人同行……恐怕他此刻正在前往這裡的途中。」

「既然如此，請您務必向周松致歉。」

面對高大的曹操，眞澄毫不畏懼地抬頭挺胸說道。

「唯有坦率承認自己的過錯，才能夠贏得他人的信賴。」

「嗯。」

曹操冷哼了一聲算是回答，隨即別過臉去。從他的眼神看來，似乎正在思索著什麼。

「丞相，請務必向周松致歉！」眞澄再次提醒道。

曹操轉過臉來，臉上寫著嚴肅與冷酷。

「抱歉，這件事我不能照妳的意思做。」

「爲什麼？」

曹操一臉陰沈地注視著貞澄說：

「或許是我一時失察，但現在事情既已發生，縱使我道了歉，也無法消除周松心中已經萌生的恨意，除非……」

「難道……您連一位沒有犯錯的家臣的命也不放過？」

貞澄嘆了一口氣，繼續問道。

曹操被貞澄的慷慨激辯逼得啞口無言。

「事實上，他的舉動很難不落人口實。」曹操冷冷地說。

「這話怎麼講？」

「他表面上是爲妳去採花，暗地裡卻可能進行串通謀反之事。」

「這……」在曹操凌厲的眼神注視下，貞澄無法再開口辯駁。

「周松原本就是任職於漢室的人，如果他不是對我有反感的話，爲何會突然對妳提起離宮有木蓮一事。不管事實眞相究竟如何，我都必須防患未然，寧可我負天下人，絕不容許天下人負我。」

曹操的聲音與眼神中都透露著激動。

「即使是對龍仙女也不例外！」曹操的一句話堵得貞澄再也開不了口。

關於「曹操是一位謀略家」這點，貞澄是早就知道的；而「曹操生性殘忍」的風評，她也有耳聞，尤其對於他「多疑」的性格，貞澄也隨時注意著。但是，曹操先前對她的態度總是和顏悅色，毫不設防，同時對她所提供的建議也言聽計從……沒想到，如今竟會對她說出這樣的話來。

「這一次的談話就到此結束，龍仙女請回吧！」

曹操的聲音又恢復到平日的沈穩。

貞澄什麼也沒有說，默默地轉過身去，離開了帳篷。

不知爲何，縱使迎面吹拂的是一陣陣和煦的暖風，但貞澄的背部卻冒出一身冷汗。

（或許這就是曹操在亂世中求生存的不二法門吧！）

一股悶氣罩在心頭，令眞澄有如大石壓頂，喘不過氣來。

「曹操就是這種人，視人命如草芥。」梨花咬牙切齒地說道。

志狼他們此刻正逐漸遠離殺戮現場，那塊血腥之地緩緩消失在視野之中。

「跟娘他們被殺的時候一模一樣啊……」

飛飛從背後緊抱住梨花，他的全身仍不停地發抖。

「你們的家人難道也是被曹操所殺？」志狼小心翼翼地問著。

梨花並沒有立刻回答，她沈默半晌之後，才慢慢地開口：

「我爹名叫王垕，過去曾是曹操底下的官吏。」

（王垕……這個名字我似乎聽過……）

志狼趕緊回憶一下腦海裡有關「三國志」的片段。

「啊！王垕是爲了軍糧的量器一事而獲罪嘛！」

「你知道這件事？」梨花訝異地說。

「喔，不……我不清楚！」志狼趕緊裝胡塗。

「曹操爲了掩飾自己所犯的過錯，竟拿我爹作代罪羔羊。」

那是發生在曹操攻打淮南袁術時的事。

率領十七萬大軍的曹操在面臨軍糧窘迫的情況下，命令掌管糧食的官吏王垕用較小的量器來秤糧食，以節省軍糧，結果因爲分配給士兵的糧食太少，引發士兵們的不滿；後來曹操爲了平息衆怒，便以「故意使用較小量器量取糧食，以竊佔糧食」的罪名將王垕處刑。

「那個時候我的年紀很小，飛飛甚至還在我娘的肚子裡。」梨花說道。

「不過，曹操先前應該有對妳爹作了承諾吧！」

志狼裝作不經意地詢問，他記得「三國志」裡好像有這一段記載。

「是啊！說好要賞賜一些錢作爲補償的，誰知……」

瞬間，梨花的語氣激動起來。

「由於軍糧那件事的關係，長久以來，我們全家人便一直背負著『盜賊家庭』的臭名。」

飛飛一邊聽著，一邊開始哭了起來。

「到了三年前的某一天，曹操派遣使者到我家來，說是要招待全家族的人，大家都以爲洗刷罪名的時刻終於到來，莫不欣喜若狂。」

梨花手持韁繩，眼睛茫然地望著前方，以不帶感情的聲調繼續說著。

「然而等待著我們的，竟是對我們拔刀相向的士兵。他們說是我娘教導我們武術，意圖謀反……就這樣，所有族人原本興高采烈地穿著華服赴宴，結果卻無一倖免地全被殺死了。」

梨花的語氣裡充滿了恨意。

關於這件事，「三國志」裡並沒有記載，志狼還是頭一次聽到。

「既然如此，爲什麼你們兩人還活著？」

「當時飛飛追蝴蝶追到後花園裡，而我也跟著去了，等到我們再回到大廳時，那裡已成了一片血海，當時恐怖的情景就跟剛才一模一樣……」

梨花哽咽起來，敍述一度中斷。只見她拚命壓抑著悲傷的情緒，終於又繼續說下去。

「士兵們知道還有兩個小孩子不見了，因此在屋宅裡四處搜查。我帶著飛飛躲在走廊下面，目睹他們處理屍體的情形，一直到入夜之後，我們才逃了出去。」

梨花看著志狼，眼中有著無法形容的激動。

「可憐我們姊弟倆，一夕之間失去了家人，變得無家可歸。因此，那時

我們便立誓，總有一天一定要復仇雪恨！」

可想而知，梨花此刻的心情是多麼地紊亂啊！

（由於再次目睹同樣的殺戮慘狀，喚起了梨花心底深沈的仇恨。如今的她已經失去了原有的冷靜，若在此時貿然接近曹軍陣營的話，恐怕大家都會有危險！）

志狼心想著，決心阻止梨花。

「梨花……」志狼呼喚著梨花。

「無論如何，我一定會親手送曹操那老賊上西天的！」

梨花恍若未聞，兀自從齒縫間擠出這句話來。

這個時候，志狼心中突然產生一種不快的壓迫感，那是來自具有敵意者所散發出的詭異氣氛。

他直覺地往左邊的林間望去，那裡傳來某種小而低沈的聲音。

在此同時，突然有一支長槍飛射而來，當場貫穿了馬首，隨著一聲慘叫，馬匹瞬間倒地。

志狼三人驚愕之餘，立即臥倒。

待志狼再站起身來，往長槍來處望去，卻見一個乘坐悍馬，身穿鎧甲的武士從林中走出。

「原來你還活著？」武士說道。

志狼看清來人，竟是曾經害志狼跌落谷底，並且將眞澄獻給曹操的……

「司馬仲達，原來是你！」

「想不到你還記得我的名字，我眞是太榮幸了！」

仲達慢條斯理地回答。

「我們又見面了，『龍天子』！」

第十章

志狼辣椒智退仲達

「你是『龍天子』？」

梨花瞪大雙眼，驚訝萬分地看著志狼。

但此刻站在志狼面前的這個人，渾身上下透露出一股令人不寒而慄的氣息，令志狼無暇去釐清梨花的疑問。

「梨花、飛飛，快點向後退！」

志狼爲了保護他們兩人，自己擋在前面；而仲達則從馬首上拔出長槍，準備再對志狼下毒手。

志狼則是出其不意地一把抱住了仲達的長槍。

「不顧自己的安危，率先保護婦孺，嗯……倒挺像是你的爲人。」

「這兩人跟我毫無關係，要是你想取我的命的話，就跟我一決雌雄吧！」

仲達冷哼一聲笑道：

「你說我怎麼會放過想刺殺丞相的人呢？更況且『龍天子』也是同夥！」

(看來梨花先前所說的那些話全讓仲達聽見了，這麼一來反倒給對方殺害我們的藉口。)

志狼心中暗叫不妙。

(不行，我絕對不能讓他得逞！)

志狼死命地抱住長槍，仲達根本無法行動。他從馬上凝視著志狼，眼中散發出一抹詭異的神采。

「爲什麼你會在魏國？」仲達問。

他在心中揣測著「龍天子」悄悄來到魏國的意圖。

「旅行。」

志狼僅僅簡單回答這兩個字，然而仲達卻有種被志狼愚弄的感覺，臉上隨即露出惱色。

瞬間，志狼緊抱著的長槍被仲達猛然抽回，他並在志狼還沒反應過來之前，作出狙擊志狼的陣式。

不過這只是仲達在試探志狼罷了，他並沒有眞的下手。

然而，一旁的梨花卻採取了行動。

她飛躍而起，以迅雷不及掩耳的速度向仲達踢去。

這招原本可輕易擊倒一般士兵的招式，遇上了仲達卻不管用，不但被他閃過，梨花反被對方以凌厲的拳法重擊胸口。

「哎唷！」彈落地面的梨花痛苦地蜷縮著。

「姊！」

飛飛立刻揚起飛刀，然而他還未出手，便被仲達手上的長槍揮落，同時還被長槍的槍柄擊中膝蓋。

「啊！」飛飛痛苦地蹲下去，雙手緊抱住膝蓋。

原先坐在飛飛身旁的「海」和「空」則驚叫著往林中逃走。

（這兩個傢伙竟先跑了！）

接著，仲達用長槍揮向用身體護著飛飛的志狼。

志狼只得再次抱住長槍。在他看來，仲達根本不是存心想置他們於死地，只不過是想以長槍來玩弄他們三人。

「飛飛……」

梨花喘著氣爬近飛飛的身旁。

（看情形，梨花應該沒有大礙。）

「你究竟想對我們怎麼樣？」志狼抬頭問仲達。

「我還沒作決定。」仲達回答。

事實上，他對「龍天子」的意外出現仍感到困惑不已。

而志狼這方面，則一心思考著如何能不讓梨花和飛飛捲入他與仲達的恩怨之中。

面對如此的強敵，志狼要帶著梨花和飛飛安全離開並不容易。

「曹操大人至今仍希望網羅你……」

仲達緩緩說道。

「他企求能夠得到龍的謎樣智慧來幫助他取得天下。」

志狼不禁感嘆萬分。在現代社會中人盡皆知的「三國歷史」，轉換時空到這裡，便成了霸主急欲獲知的「天機」，志狼不知自己的處境究竟是幸還是不幸？

「很抱歉，我並不打算投靠任何人。」

志狼此話一出，仲達便以冷酷的眼神瞪視著他。

「這句話是否應該轉達給『龍仙女』知道呢？」

「什麼？」志狼斜睨仲達。

仲達以嘲諷的語氣接著說：

「『龍仙女』如今可是曹操大人的參謀，她爲曹操大人竭盡心力，貢獻所長，如果她見到你，想必也會勸你一同爲曹操大人效力的。」

（可恨的傢伙！眞澄居然會替曹操那種人做事……）

「假使我帶著你回去的話，相信曹操大人和『龍仙女』都會非常歡喜的！」

仲達自言自語地說著。

（這傢伙到底在打什麼主意？）

「其實，我的想法也是一樣的。」

仲達用冷漠的眼神瞪視著志狼繼續說。

「過去你我對立，如今又在這種情形下再次相遇，想來未免有些令人遺憾。」

志狼默然回望著仲達。

不遠之處的梨花一邊守護著飛飛，一邊不安地瞧著。

「我打算安排你跟『龍仙女』見面。」

「什麼？」志狼對仲達的話感到十分意外。

「如果你信任我的話，我可以在曹操大人不知情的情況下，安排你和『龍仙女』會面。」

（眞令人無法置信！）

雖然如此，志狼不免還是有些動心。

「你想見她，想知道她的心意如何吧？」

「你要我怎麼做？」

「我想知道你——『龍天子』的智慧……」

「請你說的明白一點。」

「我希望能夠藉由你所擁有的深不可測的智慧，來幫助我完成夢想。」

「你的夢想？」

「是的，我要依照我的意思來操控這個亂世。」

（啊！又是一個充滿權力慾望的人。

從他那無法捉摸的冷酷個性，還有那不帶任何感情的眼神中所散發出的危險妖氣來看，司馬仲達果眞是個危險人物！）

「如果我拒絕呢？」

「那麼，你就任由我宰割了！」仲達冷冷地回答。

「你打算殺我？」

「我眞想殺你的話，隨時都可以動手。」

以志狼目前的力量，想要打敗仲達實在有些勉強，若是志狼硬卯起來打的話，頂多也只是落個兩敗俱傷的下場。

「不過，你若是肯順從我的意思，我一定會信守約定的。」

志狼瞬間猶豫了起來。雖然心中想說「不」，但卻又沒有拒絕的勇氣。

「志狼，不要相信這個人的話！」梨花叫道。

「小姑娘，妳該聽過擒獲『龍仙女』奉獻給曹操的事吧！」

仲達將眼光移向梨花身上。

「志狼，你不可以相信他！」

梨花話聲剛落，突見寒光一閃，原本抱住長槍的志狼瞬間被仲達摺倒。緊接著，仲達的長槍往梨花掃去，志狼隨即翻身而起，配合運氣往地面一踢，同時揮出一拳，希望能在瞬間嚇阻仲達，如此一來或許有趁隙脫逃的可能。

奈何志狼低估了對手，不但被仲達識破他的心思，還閃過他的攻擊，志狼自己反而身陷險境。

原本掃向梨花的長槍突然來個逆轉，志狼在措手不及的情況下，當場讓槍柄刺中側腹。

一陣如電擊般的刺痛感傳遍志狼全身。

第十章　志狼

辣椒智退仲達

就在志狼驚愕之餘，他的身體整個被仲達的手臂環住，仲達將他往馬上一提，志狼頓時兩手動彈不得，雙脚懸空。

「喂，你要做什麼？」志狼大叫。

「我不是說過了嗎？等你力氣用盡時，就只有任我宰割了。」

「好，我答應你，不過你必須放過他們兩個。」志狼說。

「這是條件嗎？」仲達冷冷地說道。

「放開志狼！」梨花一手拿著飛刀喝道。

「住手！梨花，妳不是他的對手！」志狼急忙出聲阻止梨花。

然而話未說完，梨花已然動手。

她一躍而起，在空中射出飛刀，飛刀在空中劃出一條線，往仲達的臉上射去；仲達右手拿著長槍，準備舉槍掃掉飛刀。

梨花掌握這個空隙，瞄準仲達抓住志狼的左手肩頭，打算發射另一把飛

刀。

說時遲那時快，仲達竟然識破梨花的計謀，單手舉槍一揮，阻止了梨花的行動。

槍柄掃中梨花下腹部，梨花頓時摔落地面。

「梨花！」志狼喊道。

「姊！」飛飛也拚命地想站起來。

梨花強忍著痛楚，她抬起臉來，以凌厲的眼神瞪著仲達。

「哈……」仲達發出刺耳的笑聲。

「你笑什麼？」懸空的志狼氣憤地大喝一聲。

「你們眞是膚淺！所謂的犧牲自己來幫助別人，只不過是你們這種笨蛋在自我陶醉罷了！」

仲達笑聲一停，馬上又恢復原來冷漠的聲調。

「你說什麼?!」志狼拚命想掙脫。
「我說這個世上就是有你們這些滿口仁義道德的小輩，所以才會變得這麼無趣。」
「你竟然說得出這種話來……」
梨花出聲駁斥，卻被仲達以槍尖抵住身體。
「不要亂動，小姑娘。」仲達說道。
「『龍天子』，你我終究是勢不兩立啊!」
「我不會讓你殺掉志狼的!」
梨花抓住抵在身上的長槍喊道。
仲達的臉上立刻浮現不耐及鄙夷的神情。
「妳放心，我暫時還不會殺他的。無論使用任何手段，我都會讓他說出『龍之智慧』來，到那個時候，我再取他性命還不遲。」

「喂！放了她們兩個，我會告訴你的……」

「太遲了！」仲達打斷志狼的話，他的眼中露出殺氣。

「留下她們，只怕將來後患無窮。」

仲達一邊說著，一邊揮舞長槍。

「受死吧！」

仲達高舉著長槍，毫不留情地向梨花發出攻擊。

「住手！」志狼拚命扭動身軀，奈何卻掙脫不了仲達的擒抱。

眼看著梨花在地上滾動，想要閃避仲達的長槍卻不可得。

就在這千鈞一髮之際，本來已經逼近梨花身軀的長槍突然轉向，發出鏗鏘的聲響。

原來是飛飛適時射出飛刀，而梨花也因此逃離長槍攻擊的範圍。

仲達銳利的眼神轉向那蹲在角落，正咬牙忍痛的飛飛。

「小鬼，竟敢偷襲我！」仲達說罷，便策馬舉槍往飛飛所在之處衝去。

剎那間，四肢動彈不得的志狼只覺得全身血液逆流，絕望的感覺襲上心頭。

「飛飛！」

梨花撲上前去阻止仲達前進，不料卻又被他一槍掃倒在地，她掙扎著想要起身，然而卻已經來不及了……

「啊！」

登時傳來飛飛痛徹心扉的慘叫聲，仲達的長槍貫穿了飛飛的腹部。

「飛飛！」梨花扶住飛飛，鮮血自仲達拔出來的長槍上滴落。

「要哭、要喊就趕快，因爲妳的時間不多了！」仲達冷酷地說著。

他隨即又舉起長槍對準梨花。

無力和絕望的感覺襲上志狼心頭，眼看著梨花又將慘死在仲達的手上，

而他卻無能爲力。

瞬間，志狼突然察覺到自己的腰間有個紅色的東西滾落。

（啊！是辣椒！）

志狼回想起那是當初旦馬硬塞在他腰袋中的。

一個念頭閃過志狼的腦海，他決定用這個小東西來賭一賭運氣。

志狼拚命彎曲身體將辣椒塞進口中，而後將它咬碎。

辛辣的味道蔓延至他整個口腔，讓他幾乎要流出眼淚來。

就在仲達長槍掃下的同時，志狼用力將身子一仰，奮力將滿口的辣椒全部往仲達的臉上噴去。

「哇啊！」

仲達滿臉是辣椒，他的雙眼被辣椒碎末辣得張不開來。

梨花見機不可失，躲開長槍後隨即將之抓住。

而志狼也把握時機，朝著仲達的手臂用力咬下去，同時趁他鬆懈之際，以兩手抱其手腕，接著一踢。

仲達遭此攻擊後從馬上摔落，同時志狼也恢復了自由。

「志狼，快趁這個機會除掉他！」梨花叫道。

「我們還是先走吧！這個人並非普通人。」

志狼不由分說地抱起飛飛，又將梨花丟上馬，他自己則坐在最後面。

「喝！」梨花拉起韁繩，往馬腹一踢，三人便要離去。

「可惡！別逃！」眼睛仍無法張開的仲達提槍往馬腳砍來。

這時，突然有個身影往仲達手臂飛撲而去，原來是隻猴子，但不知是「海」或是「空」。再仔細一瞧，不只是「海」、「空」，還有許多猴子陸續從林中跳出，開始對著仲達展開攻擊。

仲達果眞不是平常人，即使暫時失去視力，他依然能夠只憑聲音來揮舞

長槍，攻擊猴羣。

吱……一隻、兩隻……身首異處的猴子越來越多，牠們的鮮血濺得滿地都是。

「海、空……」梨花叫著。

「龍天子……」站不起身的仲達吼叫著。

成群結隊、難以計數的猴群不斷地攻擊他，在此情形下，即使像仲達這般驃悍的武將也束手無策了。

吱……猴子的叫聲漸行漸遠，志狼三人馬不停蹄地往前奔去。

第十一章

梨花獨自下山

「為什麼你不趁機殺了他？」梨花質問道。

「我們不是他的對手。」

志狼一手抱著飛飛，一手拉住韁繩，再用身體撐著坐在前面的梨花，他一心望著前方，策馬奔馳著。

「但是他看不見……」梨花又說道。

「他只是暫時失去視力而已。再說，妳打算棄飛飛的生死於不顧嗎？」

志狼打斷梨花的話。

對啊！梨花不禁把手往背後一伸，摸摸飛飛的頭，身後的飛飛奄奄一息，恐怕有性命之虞。

志狼拚命趕路，希望能盡早到達安全的地方。

過了好一陣子，志狼發現一處為樹木及岩石所圍繞的台地，他停下馬來，將飛飛安放在平坦的草地上。

「飛飛……」梨花蹲在飛飛身旁，一臉擔心地摸著他的額頭。

飛飛虛弱地張開眼睛，看著梨花。

而志狼在樹叢中尋找左慈仙人教導他急救用的藥草。

本來這種藥草必須經過煎煮之後才能使用，但是在這個節骨眼上，志狼也只好從簡。

他急忙將藥草用水洗淨，用石頭搗碎，而後將它敷在飛飛腹部的傷口上。

當時仲達的長槍是從飛飛最下方的肋骨附近刺穿背部的，可說是致命的一擊。

「我已經替你敷上藥了。」

眼看著飛飛小小年紀便遭受如此重創，志狼說著說著便忍不住落下淚來。

「飛飛，不要死！」梨花從竹筒中倒出水來讓飛飛含著。

飛飛的臉部扭曲，手指顫抖著想要碰觸梨花。

「姊……」

「飛飛！」梨花在飛飛耳邊輕喚著。

「姊……」

飛飛虛弱地望著梨花，眼看著已經氣若游絲。

「生豬肉片……」

飛飛的話尚未說完，手卻癱軟下去。他張著雙眼，眼神空洞地望著梨花。

「飛飛！」梨花驚叫著。

志狼立刻替飛飛進行心臟按摩，然而，飛飛終究是回天乏術……

「飛飛……」

梨花悲痛的呼喚劃破天際。

雖然飛飛已經沒有氣息，志狼仍舊一次又一次，不停地替飛飛急救著。

過了一個小時之後——

在山林中一處爲樹木與草叢圍繞的突出大石底下，一縷煙霧繚繞著，梨花和志狼正在此處焚燒飛飛的屍首。

由於不方便將屍首帶至街道上，又怕若是就地掩埋，入夜之後，飛飛的屍首恐怕會遭野獸吞食，因此兩人只好出此下策。

在火堆旁邊，志狼和梨花隔著些微距離坐著。

志狼一邊忍受著焚燒屍體的臭味，一邊注意著梨花的表情。

而梨花只是呆坐著，兩眼無神地看著火堆，什麼話也沒說，偶爾則添些柴火。

過了良久，調整坐姿的梨花與一直凝視著她的志狼，四目偶然交接。

梨花依舊不語，只是滿腹心事地望著志狼。於是志狼鼓起勇氣，把先前一直想說的話說了出來。

「對不起！」

梨花眼中寫著疑問。

「都是我害的，飛飛才會……」

「別說那種傻話！如果沒有你的話，我的命也早就沒了！」

梨花激動地說著。

志狼本想再說些什麼，但眼見梨花情緒不穩定，他只好硬生生地把話又吞了回去。

他明白此時再說什麼安慰梨花的話，都是無濟於事的。

「那個人是不會放過想暗殺曹操的人的。」

梨花將視線移向火焰說道：

「當時如果不是你捨身相救，我現在也不會好端端坐在這裡。我並非不明就裡的人，怎麼會將喪弟之痛歸罪到你頭上呢？」

志狼輕輕點了點頭。

不過話雖如此，志狼仍無法不責怪自己。他始終覺得是自己拖累梨花他們姊弟倆，才讓飛飛平白犧牲……

「志狼……」梨花看來有些許不安。

「你眞的是『龍天子』嗎？」

志狼的心中在猶豫著，不知該如何回答這個問題。

那時候，正值曹操的武將曹仁與劉備率領的大軍交戰之際，突然一條龍自天空飛舞而下；不久之後，龍再度昇天，地上卻憑空冒出兩名少年少女。

少年於單福死後接任劉備的軍師，後來協助劉備擊敗了曹仁的軍隊，而這位少年便是人稱的「龍天子」。

當時事情發生的始末確實是如此，但是，志狼不知該如何告訴梨花自己其實只是一個來自未來的平凡人……縱使說了，想必梨花也會感到吃驚而不肯相信吧！

「你是『龍天子』嗎？」

眼看著志狼不知在猶豫什麼，梨花再次問道。

「人們是這麼稱呼我的。」

志狼無法睜眼說瞎話，只好避重就輕地回答梨花的問話。

「聽說『龍天子』擁有治平亂世的能力，這是眞的嗎？」

「這個……我不知道……」志狼搖搖頭，結結巴巴地回答。

「諸如此類的事情一再發生，連小孩子也無法倖免於難，最後整個家族全都沒有了……」

梨花說到最後，聲音開始哽咽起來。

志狼默默不語，只是靜靜傾聽著。

「不只是我，長久以來，在這個國家裡，同樣的情況一再重複著，許多

人喪失了寶貴的生命，更多人則失去房子、家人及財產，沒有人知道應該怎樣做才能繼續生存下去……」

志狼凝望著梨花那張秀麗的臉龐，發覺她的眼眸之中除了憎恨、憤怒之外，還有著些許的悲傷與寂寞。

（這樣複雜的心情，豈是我這種長期生活在安定的現代社會中的人所能夠體會的呢？）

一種不安的預感湧上志狼心頭，他覺得梨花接下來似乎會有所行動。

「妳打算替飛飛報仇？」

（如果預感成眞的話，必須早一點阻止她才行！）

「我不只是針對剛才那個男人。」

梨花仍目不轉睛地注視著火焰。

「還有曹操？」

志狼搶先問道，而且從梨花的表情中，他已經得到了答案。

「假使妳眞的這麼做了，整個國家一定會再次陷入混亂之中，因爲其他的野心家依舊會不斷地發動戰爭的。」志狼嚴肅地說明。

「如果眞是這樣，那也是沒有辦法的事。」

志狼沒有想到梨花會如此回答。

「可是先前妳不是說過戰爭導致許多人顚沛流離……」

「沒錯。」梨花打斷志狼的話。

「妳是爲了報仇？」

「不只如此，我不能讓那種暴虐無道的人來統治這個國家。」

梨花正色道。

「只要有曹操在的一天，人們的苦難將永遠無法終止……我絕對不是只爲了個人的私怨而去殺他的！」

「可是……」

梨花一番義正辭嚴的言論，教志狼再也找不出話來勸服她。

這時，火焰終於熄滅了。

志狼看著燃燒後的殘餘灰燼，心中眞是無限感慨。

（先前還活蹦亂跳的一個人，如今卻化成一堆灰燼，世事眞是無常啊！）

志狼在一棵樹的樹根處挖了一個小而深的洞，梨花小心地將飛飛的骨灰放入洞中掩埋，而後她撿了一顆漂亮的石頭，在上面刻下飛飛的名字，豎立其上。

一切都處理妥當之後，梨花望著小小的墓碑，深深地嘆了口氣。

接著，她以堅定的表情看著志狼問：

「你會信守約定吧？」

「啊？」志狼訝然。

「助我一臂之力！」

（又來了！她一定是希望我能協助她去暗殺曹操。）

志狼困惑地回望梨花。

「你不必現在回答我。不過，我想你一定很希望能將『龍仙女』帶離曹操的身邊吧？」

志狼不知梨花是何用意。

「我知道你喜歡『龍仙女』。」

梨花說著說著，不知怎的，她的眼眶溼潤起來。

「而且，你討厭跟我在一起。」

「不是的……」志狼不知如何回答，一下子口吃起來。

「我只是曹操底下一名小官的女兒，根本不配跟龍天子在一起。」

「事情不是像妳所想的那樣……」

志狼不知所措，只有拚命搖頭的份。

「如果不是這樣，你的目的究竟是什麼？」

梨花突然懷疑地看著志狼。

「目的？」志狼不知梨花爲何這樣問他。

「你爲什麼來到魏國？」

梨花口氣強硬，似乎非要志狼回答不可。

「我只是到處旅行……偶然來到這裡的。」

「旅行？」梨花瞪著志狼。

「事情沒有這麼單純吧？身爲『龍天子』，應當有屬於『龍天子』的使命才是！」

（使命？）

志狼突然回想起母親所交代的話——「使命創造命運」。

（然而，我究竟背負著什麼樣的使命呢？）

志狼對此感到困惑不已。

「算了，我不會逼你，暗殺曹操和那個男人這兩件事，我一個人就夠了。」

梨花說罷便突然轉過身，往前走去。

「等等！」志狼立刻追了上去。

（梨花想要單獨對付曹操，這無疑是自殺……我一定要阻止她！）

然而梨花卻不回頭，只是加快腳步往前奔去。

「等等我，梨花！」

志狼緊追在後並大聲呼喊，但是梨花依舊不肯停下腳步。

兩人就這樣一前一後，越過無數個山峰，最後來到一處視野遼闊的山丘，

梨花終於停了下來。

「請妳不要輕舉妄動好嗎？」站在梨花身後的志狼說道。

「曹操就快要回到城裡了，這是我最後的機會。」

梨花眺望著往許昌城接近中的曹操隊伍說著。

「妳這一去，只會平白送死。」

「我的死活早已經和你毫無關係了！」梨花冷冷地回答。

「總之，我不准妳去！」

志狼一把抓住正要往前跨步的梨花的手腕。

「放開我！」

梨花拚命地想掙脫，卻被志狼捉得更牢。

「死心吧！」

「不要妨礙我！」

「妳不可以去！」

梨花奮力掙脫開來，她對著志狼喝道：

「如果你想阻止我，就別怪我無情！」

說完，她隨即迅速揮出一拳。

志狼一面閃避，一面準備再去抓她的手腕。

不過梨花這次學聰明了，她不但沒讓志狼抓著，反倒對著志狼拳打腳踢。

但梨花並非使出招招致命的功夫，她只是想藉機脫逃罷了。

然而志狼也不是省油的燈，梨花一個踢腿，便教他給抓個正著。

「啊！」梨花沒料到有此情況，不禁吃了一驚。

志狼接著又出其不意地鬆手，跳到梨花前面擋住她的去路。

結果梨花一個重心不穩，當場往後摔去。

「爲什麼要阻攔我？」梨花狼狽地望著志狼。

「我不想見到妳遭遇不測。」

志狼此話一出，梨花的臉色立刻變了，彷彿是泫然欲泣，又彷彿是悔恨

交加。

「所以……」志狼在梨花身旁蹲下，準備伸出手來扶她起來。

「你不要再說了！」梨花突然站起身來，一抬腿又向志狼踢去。

這次與先前的情況不同，看來她是認眞的。

「夠了！」

志狼一個翻身避開梨花的攻擊，卻沒料到一把飛刀又射了過來。

「啊！」

志狼雖然閃過了飛刀，一邊肩膀卻被飛刀劃傷。

「膽小鬼！」梨花不停地向志狼發射飛刀。

趁著志狼閃避之際，她趁隙往上一躍，接著往斜坡下面衝去。

「梨花，不要去！」

志狼也急忙朝著狂奔中的梨花撲去。

瞬間，兩人糾纏著滾落斜坡。

「放開我！」

梨花掙扎著站起身來，卻見到曹操的軍隊已往許昌城門而去，不一會兒便消失在城裡了。

「可惡！」梨花緊咬著下唇。

剛剛被志狼這麼一耽擱，她已經喪失刺殺曹操的大好時機。一想到這裡，她的淚水不禁奪眶而出。

「梨花……」志狼爬了起來，來到梨花的面前。

「你太可惡了！」

「啪」地一聲，梨花摑了志狼一巴掌，志狼只覺眼前一黑，待他回過神來，梨花早已下了斜坡，不停地往前奔去。

（看來她似乎死心了。不過，今後她將何去何從呢？

我該去追她嗎？或許我們可以結伴同行……）

志狼在心中反覆思索著，雙腳卻仍呆立在原地不動，只是目送著梨花的背影遠去。

「這樣也好……」志狼喃喃自語著。

他抬頭一望，只見許昌城就在眼前，心中不禁又想起眞澄。

（眞澄知道森林中發生的血案嗎？她對這件事有什麼看法？）

想到這裡，志狼覺得胸中一陣緊縮，那股鬱悶的感覺令他感到十分不舒服。

第十二章

志狼化身為鼠

志狼在黑暗中緩緩步行著。

他仰首望天，滿天的星星在夜空中閃閃發亮。只可惜星星雖多，卻是遙不可及，而它們的亮度又不足以照亮地面，以致於他只得摸黑夜行。

志狼這次是一個人獨行，他曾經回過投宿的旅店，可是那裡早已沒有梨花的蹤影；雖然他也想過留在旅店等待梨花，但最後還是作罷。

不過，先前他刻意待到半夜才離開旅店，之後才往許昌街道的偏僻處走去。

走著走著，志狼聽見水的聲音，於是他循著水聲往路旁走去。

路旁小小的水溝裡，淺淺的水流正流動著。

他跳進水溝之中，往水聲的來源處走去，最後他見到水源是來自一個木製的四角筒狀的暗渠。

再一抬頭，他聽見有某種東西在移動的聲音。

（是老鼠！）

雖然那小小的身影隱沒於夜色之中，志狼仍舊可以感覺得出是老鼠沒錯。

（這分明是老鼠活動的路線嘛！）

志狼心念一轉，當初左慈仙人說的話浮現腦海——「生命的本質都是相同的，不同的只在於外表而已」，若能看破表象，瞭解生命的本質，便能夠讓自己的身體幻化成各種形態。

（照這麼說來，如果我能夠心無旁騖，發現隱藏在老鼠外表之下的眞實形態的話，我應當也可以讓自己化身成老鼠囉！

如此一來，便能夠請這些老鼠爲我引路了！）

志狼緩緩調整氣息，集中意志，而後往狹窄的暗渠中鑽了進去。

世上任何一個堅固的城堡，都是以防止人類進入爲目標，相形之下，對於非人類的鼠輩而言，進出城堡就成了輕而易舉之事。

志狼不確定尚未學成仙術的自己是否眞能變成老鼠，但在此時也只能先賭一賭運氣了。

志狼在狹小的暗渠中緩緩地爬行前進，依照時間及距離來推算，他應該已經進入曹操所在的丞相府。

他看看四周，左右各自連結著無數個通道，最後他選擇了其中一個略有斜度的通道爬了上去。

過了一會兒，志狼終於到達一個看似出口的地方。

志狼拆掉塞住洞口的木片，像老鼠一樣從暗渠中稍微伸出頭來，先觀察一下周遭的情況。

只見許多大大小小的沙鍋堆在一起，還有幾只大酒甕並排著。

（看樣子，這裡好像是丞相府裡的廚房。）

除此之外，那些從外面照射入內，在地面上搖晃的光影，應該是正在四處巡邏的士兵們手中的火把所造成的。

志狼小心地從暗渠中爬了出來，他回首看一下暗渠，實在不敢相信自己竟能穿越如此狹小的通道。

他思索著下一步該如何行動。然而，要想潛入士兵徹夜巡守的重要處所，恐怕他還是必須再度求教於老鼠吧！

好一段時間，志狼就這麼藏身於黑暗之中並等待著。

幸好皇天不負苦心人，目標終於出現了。

一隻又大又肥的老鼠從遠遠的地方，小心翼翼地跑過他的眼前，接著便在志狼的注視下，消失於牆邊的一處破洞之中。

志狼立即跟著老鼠往破洞靠過去，洞口大小並不足以讓志狼通過。

他仔細地勘察四周，發現了一處壁板浮起的地方。於是他輕手輕腳地從掀起壁板所露出的大洞鑽了進去，隨即找到了那隻大老鼠。

在老鼠的帶領下，志狼到達一個能與天花板的空間相連的大通道。

他伸展四肢支撐著，像蟲子一樣地爬進天花板上的空間。

令人意想不到的是，裡面的空間竟十分開闊，志狼從通風用的小洞口往外瞧，看見庭院中有許多手持火把的士兵。

志狼無聲無息地繼續往前爬，然而愈往裡面，地形似乎愈複雜。

他明知自己已進入了中樞地帶，但卻又不知身在何處，不由得開始感到困惑。

突然間，志狼聽見有人對話的聲音，聽起來像是巡邏的士兵。

「你被調往高樓巡邏？」一個士兵先開口。

「是的，從下個月開始。」另一個接了話。

「那豈不是『龍仙女』居住的地方？」最先開口的士兵又問。

「正是。」

「你眞是幸運！如此一來，不就可以看見『龍仙女』的聖容了！」

兩人的對話聲漸行漸遠。

而躲在天花板裡的志狼竊喜著，他沒想到如此輕易便得知眞澄的住處。

志狼先利用通風用的窗口向外觀察，待確定高樓的位置之後，他便迅速地在天花板之間移動著。

現在唯一的問題是，如何才能夠到達高樓呢？因爲就志狼的視線所及，樓梯處都有士兵在看守著，唯今之計，他只有第三次求救於老鼠了。

經過一番搜尋之後，志狼終於發現一處深入牆壁內側的縫隙，他鑽了進去，開始慢慢地往上攀爬。

（這些日子以來，眞澄就是住在這個地方嗎？如今，她的想法是否已和從前全然不同了呢？她是否陶醉於「龍仙女」的虛名中而樂不思蜀？會不會眞如仲達所言，她已經投靠了曹操，成爲曹操的參謀？

不，我絕不相信眞澄會變成這樣的人，無論如何，我一定要帶眞澄離開魏國，然後找一個杳無人煙之處暫時居住下來。

我們兩個根本就不該來到這裡！與歷史毫無關聯的兩個現代人莫名其妙地出現在這個時代，只會攪亂歷史的演進罷了！

等到一切安定下來以後，我便可以尋找回到現代的方法。或許只要我們將兩片小徽章合而爲一，就可以回到現代了……）

志狼在狹小黑暗的牆壁裡思考著，他不自覺地握緊了胸前的小徽章。

他愈往上層爬去，守備愈發地森嚴；但是當他到達最高的一層時，卻見不到半個士兵的蹤影。

（眞澄應該就是住在這層樓吧！）

志狼一邊想著，一邊從牆壁中往天花板上的空間爬去，同時也不忘探查

下面的情況。

接著他看到第一間房裡，有位像是侍女模樣的女孩正躺在床上休息；再過去則是一間裝飾豪華的房間。

（眞澄果眞在此過著茶來伸手、飯來張口，事事有人侍候的生活嗎？）

志狼繼續往前爬去，前方不遠處有些微的光線自天花板的洞孔中透出。

他悄悄地移過去，接著趴在洞孔上往下窺視。

房間的一側有座附有帳簾的寢台，裡面似乎有人睡著。

志狼睜大眼睛注視著床上的人，奈何卻看不清楚對方的面貌。

雖然如此，他卻感覺床上睡著的人一定是眞澄沒錯。

複雜的心情在志狼的胸中翻騰著，他確定眞澄仍平安無事，不禁備感欣慰，但一想到如今她已成爲「龍仙女」的身分，卻又令他感到不安。

「眞澄……」志狼情不自禁地在口中輕聲呼喚著。

眞澄彷彿聽見他的呼喚似的，突然睜開眼睛，露出訝異的表情，接著她開始向四周梭巡著。

志狼頓時感到又驚又喜，他急忙思索著應該如何向眞澄打暗號，才能讓她知道自己在這裡。

然而，他隨即又感到困惑起來。

（眞澄眞的感覺到我的存在了嗎？或者她只是湊巧想到什麼事情罷了？）

眞澄從床上稍稍坐起，她的眼睛往志狼所在的洞孔處望去。

過了一會兒，眞澄彷彿想說話似地微微張開嘴巴。

（她是不是要召喚士兵進來，告訴他們有外人侵入？）

想到這兒，志狼不由得緊張起來。

就在下一秒鐘，志狼原本緊張的情緒竟被有如電擊般的感覺所取代。

「志狼……」

眞澄的聲音淸楚地傳入了志狼的耳中，她的眼神中充滿了懷念，看她的表情似乎有千言萬語要向他傾訴。

雖然眞澄看不見他的人，但是她卻宛如擔心他會突然消失似地緊盯著洞孔不放。

這一刻，志狼終於領悟了。

原來眞澄一直在等待著他，相信他會救她出去……這段日子裡，她是多麼辛苦地扮演著「龍仙女」的角色啊！而他自己竟然對眞澄沒信心……

如今志狼已確定眞澄會跟他走，而且又沒有人發現他的行蹤，於是他放心地準備拆掉天花板，而後進入屋內和眞澄會面。

沒想到就在這一瞬間，一股強大的力量箝制住志狼的脖子，並將他往後一拉。

志狼拚命地想扳開架在脖子上的那隻手，然而那隻大手卻如同老虎鉗一般死抓住他不放。

志狼扭轉身軀想要用拳腳反擊，不料卻被一堵牆似的東西反彈回來。

正當志狼感到奇怪的時候，他的耳邊響起了竊笑聲。

（到底是誰？）

志狼只聞對方的笑聲，卻不見人影，一種不祥的感覺自他心底油然而生。

突然間，他的身體被提起來，而且對方似乎打算從天井裡出去。天井上面是個類似舞蹈場的地方，星光微微照亮了原本黑暗的角落。

他想趁機扭轉身體，擺脫背後的那隻大手，不料原本緊抓住他的手卻突然放開，志狼立即「咚」地一聲摔倒在地。

「嘻……」

對方的竊笑聲再次響起。

志狼抬頭向前望去，只見一個碩大的身影站在面前，原來提志狼出來的

是一個壯碩如牛般的大塊頭！

志狼站起身來，見對方並沒有行動的打算，於是他便以對方的喉頭爲目標，出其不意地朝那大塊頭揮拳攻去。

瞬間，大塊頭竟一分爲左右兩個，志狼的拳頭撲了個空，同時，他的胸口感到一陣疼痛。

志狼發現自己手脚痲痺，動彈不得，而且身體傾斜著。

在他的面前竟然左右各自出現一個大塊頭，他原以爲是自己的錯覺，最後才發現自己被兩個長得一模一樣的大漢，從左右兩邊抓住了臂膀。

兩個大漢將志狼的身子一提，便往一個隱密的樓梯走了下去，樓梯下面有幾位士兵正在看守著。

兩個大漢的手朝志狼一指，士兵們都露出驚恐的表情。

「啊！這是……」士兵們訝異著。

「我們捉到的老鼠！」左邊的大漢說道。

「讓開！」右邊的大漢接著說。

士兵們立刻往兩旁讓出一條路出來，兩個大漢才大搖大擺地提著志狼往高樓下面走去。

（這兩個傢伙究竟是何方神聖？看他們倆一身武士的打扮，而且又具有如此強大的蠻力，想必不是泛泛之輩。）

志狼一邊偷偷觀察這兩個大漢，一邊暗自思忖著。

兩個大漢下了高樓後，穿過中庭，橫越長廊，逐漸地遠離了丞相府的中心，最後終於來到丞相府外圍的某處。

這裡有許多棟規模不大的建築物並列著，看起來似乎沒有士兵看守，是丞相府外幽暗且寂靜的一角。

兩個大漢帶著志狼走進其中一棟建築，來到一處面向房間、像是小花園

第十二章　志

狼化身爲鼠

的地方。

「報告大人……」兩位大漢同時喊著，但房裡似乎無人回應。

「報告大人……」第二次呼喚之後，房間裡面終於有了回應。

「是誰？」

「牛朱。」

「牛綠。」

兩個大漢輪流回答道。

「有什麼事？」房間內的人問道。

「我們捉到了老鼠。」

「老鼠？」

「是的，特地帶來獻給大人。」

過了好一會兒，屋內才傳來「等一下」的回答聲。

牛朱和牛綠分別押住志狼的一邊，讓志狼單腳跪著，他們自己則低頭等待屋內人的指示。

不久，屋內的燈火亮了，一個身穿便服、身材瘦削的男人緩緩地推開門走了出來。

男人看了志狼的臉，嘴角立刻浮現一抹笑容。

「啊！眞是稀有的老鼠！」

（可惡，是司馬仲達！）

志狼忍不住咬牙切齒地瞪著仲達。

眞是冤家路窄，他竟又落到仲達的手中！

第十三章

真澄不見志狼来

眞澄從床上坐了起來。

直到此刻，那種心驚肉跳的感覺還讓眞澄的情緒久久無法平復。

（或許是作夢吧？）

但是她記得自己確實曾睜開眼睛……若說剛才的情境是一場夢，爲何如此眞實？

眞澄記得自己剛才不經意地抬頭往天花板望去，上面的一個小洞吸引住她的目光。

她注視著小洞許久，突然覺得似乎有人正在看著她，一股衝動使得她差點脫口喊出：「志狼來救我了！」而她的心中也確實期盼志狼出現在她的面前。

然而，奇妙的預感卻突然在瞬間消失了。

眞澄環顧四周，原先吸引住自己視線的那個小洞頓時消失了蹤影，整個

房間裡一如往常地，只有眞澄孤獨一人。

她不禁嘆了一口氣。

（大概是夢吧！看來只不過是自己深藏在心底的期望，不經意宣洩而出罷了……）

在仲達的房裡，兩盞燭火搖曳著，映照出佇立房內一角的仲達身影。

牛朱和牛綠正手持繩索將志狼綑綁起來。他們兩人將志狼的手綁在背後，而後將志狼整個人吊掛在天花板上。

「眞不愧是『龍天子』，竟然能夠潛進丞相府。」仲達緩緩說道。

「哈！想不到堂堂『龍天子』也會落在我們的手中。」

牛綠一臉得意的神情。

「對啊！這可是大功一件喔！」牛朱立刻附和道。

「這會兒身爲食客的我們可就出頭了。」

「若是把這小子獻給丞相的話，司馬大人一定會受到丞相大大獎賞的。」

兩人你一句我一句地大放厥詞，一副得意忘形的樣子。

仲達冷冷地瞥了兩人一眼，牛朱、牛綠立刻收斂起笑容，退到一旁。

「這隻老鼠可不能夠讓牠繼續活著。」仲達冷酷地看著志狼說道。

志狼無法從他的表情探知他的心裡究竟有何打算。

「可是，丞相不是一直想要得到『龍天子』的嗎？」

牛朱、牛綠在一旁插嘴道。

仲達不理會兩人的言語，他的雙眼仍舊盯著志狼。

「你是一匹狼。」仲達低聲說道。

「狼？」

「現在你還未發現自己所擁有的能力，一旦你頓悟了，必會成爲我的一

大阻礙！」

「大人，你是說這小子會……」

「可是他已經被綁住了。」

「而且還被我們吊起來……」

牛朱、牛綠又忘形地插嘴道。

仲達隨即又看了他們一眼，兩人立刻閉嘴。

（究竟是爲了什麼呢？我已經努力讓自己跟這個時代撇清關係了，而且我也不相信自己擁有什麼超凡的能力，爲什麼這個男人就是如此地擔心我會成爲他的阻礙，而硬要苦苦相逼呢？）

志狼扭動一下身體，想試著解開繩索，但是繩索綁得很牢靠，令他完全動彈不得。

「若是將你放到野外，你一定會變成一頭『猛獸』，而後成爲我的勁敵，這實在是太危險了。」

仲達仍舊盯著志狼不放。他那雙彷彿能看穿一切，既陰暗冷酷又帶著妖氣的眼睛，實在令志狼感到很不舒服。

這個時候，似乎有東西在志狼的胸中翻騰著，志狼不知原因爲何，但是他在心裡對自己喊著：「活下去！我一定要活下去！」

「我可以把我的力量借給你！」志狼向仲達說道。

仲達挑了挑眉毛，算是回應志狼的話。

「如果你讓我活下去的話，我可以爲你效力。」

仲達低著頭，彷彿在思索志狼的話。

而牛朱、牛綠則在一旁搖頭晃腦地窺伺著志狼。

「這太有趣了！」

「『龍天子』爲司馬大人效力？」

「那『龍天子』不就成了我們的夥伴？」
牛朱、牛綠像在演雙簧似地嘰喳個沒完。
仲達則恍若未聞，他只是直直地注視著志狼。良久，他才緩緩開口：
「『龍仙女』也說過相同的話——『我是丞相的參謀，我願意爲魏國效力』。」
「你說什麼？」志狼吃驚地望著仲達。
牛朱、牛綠兩人格格地笑了起來。
「你騙人！」
志狼不由自主地大叫出聲，他不相信眞澄竟然會說出這種話來！
「信不信由你，當時可不只我一個人聽見『龍仙女』說的話。」
仲達毫無抑揚頓挫的聲音在屋內迴盪著。
「上自曹操，下至重要大臣及武將們全都聽見了，『龍仙女』爲了求生，不得不當著衆人面前公然扯謊。」

（眞澄確實沒有投效魏國啊！她一直是忍辱偷生……）

「你根本就不想爲我效力，所以不必再假意對我搖尾乞憐了！」

仲達繼續冷冷地說著。

牛朱、牛綠頓時停止了笑聲，房內一陣沈寂，只剩下燭火燃燒時發出的刺耳聲音。

斗大的汗珠從志狼的額上滾落，有生以來，他第一次感覺到死亡逐漸向自己逼近。

同一時間，眞澄從床上驚坐而起。

不知爲何，她突然有種心悸的感覺。

（好像有什麼事將要發生……）

第十三章 眞澄不見志狼來

眞澄心中的不安情緒無法平復，她決定離開房間，出去外面透透氣。

廳堂以及外面走廊的燈火全滅，她在黑暗中摸索前進。

一直到連接中央樓梯的通道時，眞澄才看得見士兵們手中火把所投射出的些微光亮。

眞澄停下腳步，靜靜地作了一個深呼吸，心跳卻忍不住逐漸加快。她努力裝出平靜的表情，繼續往光亮處──也是士兵們所在的地方移動。

士兵們正圍成一圈，小聲地在談論著什麼事情。

「你們在做什麼呢？」

眞澄先開口問道。

「啊！是龍仙女！」士兵吃驚地散開來。

「不用驚慌，我只是出來透透氣而已。對了，宮裡發生了什麼事嗎？」

士兵們面面相覷，沒有一人敢答話。

「究竟發生什麼事？」眞澄再問一遍。

這次，其中一個士兵總算下定決心，開口回答：

「稟報龍仙女，剛才司馬大人的手下帶了一個髒兮兮的男孩經過，說是捉到了一隻老鼠……」

「一個髒兮兮的男孩？」

「是的，我們正爲了要不要報告侍衛長而煩惱著……」

士兵一臉恭敬地望著眞澄。

聽了士兵的報告，眞澄雖然仍是不明就裡，然而奇怪的是，她心中的不安卻益發地強烈起來。

眞澄的直覺反應是，絕對不能夠任那個不可信任的男人──司馬仲達胡作非爲。

「萬一那個人是盜賊的話怎麼辦？」

眞澄尖銳的聲調令士兵們緊張起來。

「司馬大人捉拿盜賊後，任意處置的行爲是違反律令的，請各位立刻將此事通報今夜負責守衛的將軍！」

「是的！」

其中一位士兵立即站起來，往樓梯跑了下去。

目送著士兵下樓，眞澄不自覺地往前走去。

「龍仙女，請問您要上哪兒去？」

其他的士兵上前制止。

「我也想跟去瞧一瞧。」

「不、不行呀！萬一龍仙女有任何閃失，小的可承擔不起。而且，您現在的模樣……」

經士兵這麼一提醒，眞澄才突然想起自己身上仍穿著就寢的衣服，若是

就這麼貿然下樓，恐怕會引起一陣不小的騷動。

「是啊！」

於是她迅速踅回自己的房間。

（看情形，丞相府似乎有外人侵入的樣子。

究竟是何方神聖，居然能夠潛入門禁森嚴的丞相府來？既然這個入侵者有如此通天的本事，爲何又會被司馬仲達的手下給逮住了呢？）

一連串的疑問在眞澄的腦海中盤旋不去。

一股帶點甜味又有些嗆鼻的香味竄入志狼的鼻中。

牛朱與牛綠在志狼的腳下焚燒著某種東西，只見煙霧揚起，怪異的香氣瀰漫在志狼的四周。

「你到底想做什麼？」志狼問道。

仲達依舊是冷冷地看著他。

「有件事情我一直無法理解，為什麼你總是能未卜先知？」

（啊！難道我真的不經意露出了這樣的神態？或者是他運用我所不知道的力量，看穿了我的心思？）

志狼暗自揣測著。

「我想知道有關『龍的智慧』！」仲達又開口。

「我會告訴你的。」

志狼在香氣的魅惑中沈著地應道。

（仲達既然想知道「龍的智慧」的話，那麼或許我還有討價還價的餘地。）

牛朱、牛綠站在兩旁吃吃地竊笑著，同時兩人又七嘴八舌起來。

「世上沒有不怕痛的人，只要給他嚐點苦頭，哪怕他不說出實話來。」

「我最討厭拐彎抹角了，如果你乖乖地把我們想知道的事全說出來，不

早就沒事了！」

「嘻……」

「只要落到司馬大人的手中，不管任何人都會知無不言的。」

「我想是因爲司馬大人擅長可怕妖術的緣故吧！」

「胡說！什麼妖術，是司馬大人的仙術……」

正當兩人說得興高采烈之際，仲達不聲不響地站在志狼的面前。

他舉起雙手放在自己的臉上，然後閉上眼睛面對志狼。

（他打算對我施展催眠術嗎？）

志狼連忙凝聚心神，準備接招。

香氣不斷地襲來，加上仲達開始低聲唸誦咒文，志狼開始感覺到自己似乎被妖氣逐漸地包圍。

（我應該如何對付這股邪惡的妖氣呢？）

志狼回想起左慈仙人曾說過：所謂的法術都具有共通的本質，也就是正反相對——陰與陽、裡與表、正與負，還有生與滅。

就在這時，仲達突然張開眼睛，彷佛要看穿志狼似地注視著他。

（危險！看來仲達的妖術已經開始了……）

志狼集中全副精神，準備對抗，他將全部的意念凝聚在瞳孔中，把焦點集中在仲達那邊。

瞬間，志狼已能清楚感受到仲達的心思與意念——眼前的司馬仲達是個窮兵黷武的野心份子，一旦讓他掌握大權，中原將陷入萬劫不復的地步。

（這個人實在是太可怕了！必須有人來阻止他，否則歷史的軌道將偏移了方向……）

仲達眼中的光芒逐漸地增強，志狼開始感覺到有些力不從心，彷佛要被吸進去一般，他的意識也慢慢變得遲鈍、混沌……

（再這樣下去，我所知曉的歷史知識將會完全被仲達讀取，到那時……）

志狼覺得自己快撐不下去了。

就在這千鈞一髮之際，突然有一個聲音響起——

「司馬大人！」

志狼瞬間自妖仲達施展的術中清醒過來，猛然發覺帶著士兵入屋內的不是別人，正是徐晃將軍。

「徐將軍你……」仲達一時措手不及，吃驚地看著徐晃。

牛朱、牛緣也立即低頭退至一旁。

「不知有何貴幹？」

仲達很快地恢復了鎮定，大聲問道。

「聽說司馬大人捉到了一個盜賊，我特地前來一探究竟。今夜由我負責守衛丞相府的安全，因此煩請司馬大人將盜賊交由我來處置。」

志狼從徐晃的態度，約略可看出他似乎與仲達處於對立的狀態。

「這只不過是一隻老鼠罷了，不必勞煩徐將軍費神！」

等到仲達一說完話，志狼立即抬起頭來叫道：

「我是『龍天子』！」

徐晃聞言，隨即瞪大雙眼看著志狼。

「你說什麼？」

「少在那兒胡言亂語！」

仲達的手肘往志狼背後一敲，志狼立刻說不出話來。

「這個東西只不過是牛朱、牛綠捕捉回來的鼠輩罷了，若真是『龍天子』，是絕對逃不過我的法眼。」

徐晃看了看已開不了口的志狼，接著又看一看仲達，他的臉上露出懷疑的表情。

「若是因爲區區這個鼠輩而造成一場大騷動，是會被人引爲笑柄的。」

仲達此言一出，立刻惹來徐晃的斜睨。

「不管他是什麼人，既然守護城中安全是我的職責，我就必須將他帶回去仔細地調查。」徐晃說。

接下來，徐晃對著士兵喊道：

「來人啊！把他帶回去！」

士兵們立刻將志狼從天花板上放下。

「走！」

志狼被士兵押著走出屋外。

「你做事最好有點分寸，不要任意妄爲！」

徐晃臨走前，還對著仲達丟下這句話。

「哎呀！好不容易才捉到他的。」牛朱直起身子嘀咕著。

「對啊！不知道是誰去通報徐將軍的？」牛綠附和道。

兀自站立著的仲達，則是不發一言地目送志狼的背影離去。

雙手被縛的志狼在徐晃及士兵的押解之下，正往城內的中樞——丞相府而去。

志狼雖已不再擔心會有被殺的危險，然而對於待會兒該如何和曹操周旋，卻也令他感到十分困擾。

押著志狼的一行人來到了小門前，幾位士兵手持火把迎上前來。

「要立刻進行審訊嗎？」士兵問道。

「不，先將他押入大牢。」徐晃指示著。

「遵命。」

士兵推著志狼往旁邊的小路走去。

志狼一邊走，一邊偷偷觀察周遭的環境。

（想不到我最後還是落入曹操的手中，而且還是以這麼落魄的面目！無論如何，我一定要想辦法脫逃……）

就在這個時候，志狼右手邊的一幢建築物突然起火燃燒起來，而且很快地，整棟樓房便被火焰所吞沒。

看情形，似乎是因爲樓房裡面有大量的油料助燃之故。

「發生了什麼事？」

押解志狼的一行人頓時停下了腳步。

「著火了啊！」

在濃煙火光之中，一個肥胖的男人從燃燒的建築物裡跳了出來。

「哇！」兵士們大叫。

只見胖男人以極快的速度往志狼這邊衝了過來，他抱著志狼摔倒在地，兩人在地面上打滾。

士兵們以及徐晃本人全都楞住了，不知道到底發生了什麼事。

當志狼兩人停止滾動時，志狼才發現自己手上綁著的繩索，早已經被割斷了。

他驚訝地抬頭一看，抱住他打滾的胖男人竟然是旦馬！

「我來救你了，主君！」旦馬附耳低聲道。

「快，快滅火啊！」徐晃大叫著。

火勢正往兩旁的建築物延燒開來，士兵們開始手忙腳亂地救起火來。

「快，趁這個時候快逃！」旦馬推著志狼。

「你想做什麼？」

一位士兵發覺有異樣趕了過來。

「你想放盜賊逃走……」

那個士兵的話還未說完，旦馬已一拳將他撂倒。

「喂，這傢伙有問題！」

另一個士兵也察覺到了，他的叫聲立刻引來徐晃及其他士兵的注意。

旦馬和志狼頓時被團團圍住。

「我不准你們稱呼我的主君爲盜賊！」旦馬大喊著。

「給我拿下！」

徐晃一聲令下，幾位士兵一起飛撲過來。

「哎唷！」

撲過來的士兵們一一被旦馬撞倒在地。

「主君，快逃！」

旦馬抱住志狼往旁邊的建築物一丟，志狼順勢抓住屋簷，隨即爬上屋頂。

等他再往下看時，旦馬已陷入士兵們的重重包圍之下。

「旦馬！」志狼大叫。

「不要管我，請您快點逃走吧！」旦馬回頭叫著。

「你這個叛徒！」

同一時刻，徐晃已拔劍逼近。

只見劍光一閃，旦馬還來不及慘叫出聲已身首異處。

剎那間，志狼耳中彷彿聽見旦馬年幼弟妹們的哀號聲。

「把這個盜賊給我拿下！」

徐晃對著志狼喊道，幾位士兵隨即準備爬上屋頂抓拿志狼。

（**如果我再次被捕的話，旦馬豈不是死得毫無價值！**）

志狼這麼一想，立刻轉身在屋頂上疾奔起來。

「煮熟的鴨子飛了。」

「哈哈，徐晃也不過如此嘛！」

牛朱、牛綠幸災樂禍地嘲笑著。

仲達則站在兩人面前，沈默地注視著志狼在屋頂上奔逃的身影。

「我們兩個去把他捉回來。」

「不，以後有的是機會。」

仲達用手按住牛朱、牛綠的肩膀，喃喃說道。

高樓之上，眞澄正眺望著建築物燃燒所發出的熊熊火焰。

「那邊發生了什麼事？」

眞澄詢問打探消息回來的侍女。

「盜賊放火燒倉庫，然後逃走了。」

「盜賊……」

突然間，眞澄眼睛爲之一亮。

她看見士兵們在屋頂上奔跑著，吸引住她的目光的，則是另外一個身輕如燕的身影。

那個人影站在屋頂上，面向眞澄這邊。

眞澄吃驚地瞪大雙眼，想要看清楚對方的臉，但是天色太暗了，她根本無法辨識來人的眞面目。

而志狼佇立於屋頂之上，他發現高樓就在自己的視線範圍內，往上望去，他可以清楚地看見最上面一層樓，有個人影正向這邊注視著。

志狼直覺反應那個人一定是眞澄！然而，志狼卻不能呼喚她或是向她招手，以免替她惹來不必要的麻煩。

士兵們已經追上了屋頂，再這樣下去，志狼將無路可逃。

他不經意地往旁邊望去，一旁較高的樓房屋頂上，有一隻老鼠看起來似乎正要回家的樣子。

志狼趕緊往旁邊突出的屋頂跳去，「咚」地一聲，他踢破壁板，閃身滾入屋頂裡面。

志狼在黑暗的屋頂裡摸索前進，他再次感受到一股強烈的求生意志自心底昇起。

（曹操不希望「龍天子」爲他的敵手效命，因此只有「龍天子」活著，眞澄這個人質才有存在的價值，假使「龍天子」死了的話……

嗯，我一定要活下去！爲了我自己，也爲了眞澄，我一定要活下去！）

志狼在心裡對自己說著。

然而就在另一邊的眞澄，她自始至終都不知道志狼就在距離自己那麼近的地方。

第十四章

志狼要求分贓

志狼循著水的流向在暗渠之中滑行者。

士兵們並沒有留意到老鼠通行的路徑，因此志狼得以順利逃到丞相府的外面。

「蹦」地一聲，志狼冷不防掉落在淺溝之中。

他翻過身站起來，環顧四周，大地盡爲黑暗所籠罩，一片靜謐。

他自溝中躍出，發現自己所站立之處，不像先前進入時的同一個地方。

而且現在夜色太濃，他根本無法分辨自已身處何地。

（一個自稱「龍天子」的盜賊侵入丞相府中的消息，此刻應該已經傳至曹操的耳中了吧！

不知徐晃是否相信我就是「龍天子」？假使答案爲「是」的話，恐怕他會傾其所有兵力來搜捕我吧！如此一來，我能逃走的可能性便大大地降低了！）

志狼心中才這麼想著，便瞧見道路的另一頭出現了火把的亮光。

來者是一隊士兵，而且正朝著志狼這邊移動過來，他立刻縱身跳下溝內，藏身在旁邊一座小橋底下。

不久，十幾個士兵手持火把走了過來，他們邊走邊四處張望著。

看樣子，他們確實是在搜尋志狼的蹤影。

（照這種情形來推算，此刻進出許昌的城門要道想必早已戒備森嚴，在街道中搜索的士兵，當然也是不計其數。

看來，我今夜應該先暫時找個安全之處藏身，等到天亮、市集開始活動之後再出來較爲妥當。）

志狼在心中盤算完畢，從溝渠中探出頭向四周張望，確定附近已無士兵的蹤跡，他才回到路面上，選定一個方向後迅速奔去。

志狼來到最近的一個轉角旁時發現一幢大宅第，它外面的圍牆邊還有一間放置雜物的小房子。

他考慮了半晌，決定先攀越過牆，然後到屋子的另一邊去。

不過出乎意料之外，迎接他的竟是一陣狗吠聲。

志狼由聲音判斷，估計圍牆內大概有六、七隻狗。

眼看狗群似乎要朝他撲過來，他趕緊轉身跳出圍牆外，踅回原路。

誰知這會兒他卻又遇上了手持火把的士兵們，想來他們必定是聽見狗兒的叫聲，才趕過來一探究竟的。

「人在這裡！」士兵們一邊喊著，一邊朝志狼這裡跑過來。

志狼當下本能地背過身去迅速逃開，往下一個轉角奔去。

一會兒，志狼發現這條道路又是呈鈎形彎曲狀，且兩側又分出幾條小巷。

有了前兩次鑽進死胡同的經驗，這次他不敢再貿然行動。

（究竟該往那一邊才不會走入死胡同呢？）

正當志狼感到困惑不已之際，他的眼前竟浮現一隻金色猿猴的身影，長

相和「海」、「空」極爲相似，而且對方有如在誘導他一般，瞬間消失在其中一條小巷裡，志狼不自覺地便追了上去。

當志狼開始覺得不對勁時，才警覺自己竟又走入死巷中。

而且，士兵們已經快要追過來了。

志狼抬頭望著死巷巷底的牆壁，發現約一樓高的地方有個小窗戶。

（若是我能跳到那裡，應該就可以越過牆去了吧！事到如今，也只有冒險一試了！）

志狼稍稍彎下身去，縱身一躍，剛好攀住了小窗戶，於是他便沿著窗戶欄杆向上爬。

這個時候，窗戶突然被打開了，教志狼一時之間錯愕不已。

「你又遭到追殺了？」

只見窗戶裡，梨花手抱著金毛猴子，帶著嘲弄的笑容看著志狼。

（原來剛才並不是我的幻覺！）

「剛剛發生了一些事情。」

志狼無暇多作解釋，而身後的士兵也已趕到。

「他在這裡！」

梨花迅速地射出飛刀，一個士兵立刻倒地不起。

「進來！」梨花將志狼拉進屋內，隨即關上窗戶。

「往這邊！」

梨花叫著，志狼緊跟在她身後。

出了房屋後，梨花不直接走下樓梯，而往右邊的走廊奔去。

途中，梨花用手敲打走廊的牆壁，壁板立刻旋轉開來。

（原來是一道隱藏的門！）

在梨花的催促下，兩人進入密道之中，裡面是宛如煙囪一般的垂直通道，

還有一個梯子垂掛著。

「下去！」梨花說完，指指梯子示意志狼爬下去。

志狼依言開始順階而下，梨花也跟隨在後。

到了最底層時，梨花將牆壁上一扇沈重的石門推開。

「剛剛我並沒有殺死那個士兵！」梨花突然說道。

志狼回想起士兵被飛刀射中倒地的畫面。

「所以後來追上的士兵只要一問，就知道你逃到這裡。」

「啊？那我們現在……」志狼問道。

「想逃離這裡的話，就得照我的話去做。」

梨花打斷志狼的話，並粗魯地拉著他往前走。

兩人穿過狹長的通道之後，來到一個像是深溝的出口，出口外的道路兩旁盡是破舊的房子。

「走吧！」

站在前面的梨花準備要走了。

「等一下！」志狼喊住梨花。

「放心，他們絕對找不到出路的。」

「不是的，我不是在擔心這個。」

「你在想要怎麼還我這個人情嗎？」梨花笑道。

「梨花，上一次我的那一份贓款還沒有拿到呢！」

志狼正經地說著，梨花卻頓時一臉錯愕。

天快亮了，原本寂靜的許昌街道，由於許多士兵四處搜索志狼的緣故，而顯得有些擾攘不安。

本來在這種情況下，他應該先找個安全的地方藏身才是，但是眼前卻有

件事是他非得立刻去做不可的。

「萬一士兵找到這裡來，我會打暗號通知你的。」梨花說道。

「謝謝妳！」

志狼對梨花笑了笑，接著往前方的目標物走去，梨花則留在原地替他把風。

志狼到達他所要找的小屋前面，只見屋內一片黑暗，裡面的人似乎仍在沈睡中。

志狼輕敲著窗戶，期盼有人能快點醒來。

他敲了好一會兒，屋內終於有了反應。

「美美！」志狼小聲呼喚著。

「誰？」是美美的聲音。

「我是志狼，是令兄的朋友。」志狼答話。

一陣短暫的沈默之後，窗戶開了，美美驚訝地注視著窗外的志狼。

「我是來通知妳一件事……令兄已經過世了。」

「你說什麼？」美美的聲音有一絲哽咽。

「他是爲了救我才……」

這難以啓齒的一句話，令志狼感到胸口緊縮。

「或許這件事會連累到你們。」

志狼的雙手越過窗戶，抓著美美瘦削的肩膀注視良久。

「請妳仔細聽清楚下面我所說的話，並且照著做好嗎？」

雖然美美不明就裡，但她還是輕輕地點了點頭。

「天亮以前，妳帶著孩子們到這間客棧去。」

志狼把梨花畫的地圖及信交給美美。

「之後你們再離開街上，寄宿到這間寺廟……這裡有些錢妳帶著。」

志狼接著又把一袋用布包著的錢拿給美美。

「詳細情形我都已寫在這張紙上。妳認識字嗎？」

美美點點頭。

志狼再次抓緊美美的肩頭，心裡想說些安慰她的話，卻又不知從何說起。

「我必須走了。」

「志狼……」

美美呼喚著志狼的名字，斗大的淚珠從她眼中滾落。

「我剛說的，妳都瞭解了嗎？」

美美用力地點頭。

「那麼，我們後會有期。」

志狼轉身而去，一股難以言喻的酸楚自他心底湧現。

（這一切都是因爲我而起……眞是難爲妳了，美美……）

志狼奔回原先梨花等待的地方。

「心裡好過點了吧？」梨花問。

「嗯。」

「那麼……走吧！」

梨花往前走去，志狼沈默地追隨其後。

在梨花的帶領下，兩人來到靠近城牆附近的一棟房屋後院。

梨花引導志狼往房屋角落的水井而去。

兩人利用繩索到達井底之後，志狼才發現裡面有個隱藏的門，門後是個狹小的橫穴。

志狼沈默地跟隨梨花爬進去，漆黑狹小的洞穴宛如深不可測的隧道一般，給人陰森恐怖的感覺。

他好不容易爬到底之後，再隨著梨花往縱穴爬上去，出口是馬廄的一隅。

梨花很快地牽了一匹馬走出馬廄外。

「走！」

梨花飛身上馬，志狼也跟著跳了上去。

馬匹往前奔去，不久，兩人看見附近都是火把的亮光。

看情形，搜索志狼的人馬已經找到城外了。

幸好此時距離天亮還有段時間，士兵們手中的火把在兩人眼中便成了明顯的目標，因此只要小心避開火光，不被發現就可以了。

「爲什麼妳要幫助我？」志狼問道。

「你眞是麻煩！」梨花不耐煩地說。

「如果沒有妳，我根本無法逃走，謝謝妳……」

「別說那麼多了！」

「可是……」
「快走吧！」
然而，此刻卻已經無路可走了。
志狼放眼望去，整條道路上都是士兵的身影，就算他們倆人逃到道路以外的地方，也無法避開士兵的耳目。
由此可知，徐晃似乎相信志狼眞的是「龍天子」，當然，這也有可能是曹操的指示。
但在梨花的引導下，兩人一會兒抄小路，一會兒走險徑，最後兩人竟然能夠在重重包圍之下，離開了許昌城。
就在天色將白，志狼和梨花正要穿越林中的捷徑，卻見一隊手持火把的士兵迎面走了過來。
兩人立刻下馬，連人帶馬一起藏匿在草叢中，躲過士兵們的搜索。

一直到天完全亮了，志狼和梨花緩緩越過丘陵地帶，這裡已經遠離許昌城，他們不必再擔心會遇見搜捕的人馬。

手持韁繩的梨花拉著馬爬上狹窄的坡道，山林間那清新的空氣，使得志狼忍不住大口深呼吸。

「眞希望我們倆就這樣一直往遠方走去。」

一直沈默不語的梨花突然冒出這句話。

「我想跟你去一個我不曾去過、也不曾見過的國家……」

志狼訝異地抬起頭，看著將臉朝向前方的梨花。

「當我耳聞有盜賊潛入丞相府中時，我就猜到那個人一定是你。」

（雖然不清楚梨花是如何得知這個消息，但我卻不得不佩服她的消息靈通。）

「當我聽到這件事之後，我非常生氣，氣你阻止我行動，反而自己一個人去冒險。」

志狼無言以對。而且既然梨花如此認爲，他也不想多作辯駁。

「然而，一想到自己曾說過你和我毫無關聯的話，我就……」

梨花轉頭注視著志狼，她的側臉在這清新的早晨裡，顯得格外地美麗。

「我一聽到你已逃出來的消息，便告訴自己無論如何必須幫助你，於是我拜託『海』去找你。」

志狼想起當時看見一隻金毛猴子突然出現又消失的情形。

這時，嘩嘩的水聲打斷了兩人的對話，他們不知不覺已來到一處瀑布旁。

「謝謝妳！」

兩人爬上坡道，水聲變小時，志狼向梨花說道。

「你不必謝我，這是我自己心甘情願的。」

梨花轉過頭來看了志狼一眼，隨即又轉過頭去。

「我也不知道爲什麼，只要……一想到又可以跟你在一起，心裡就忍不住覺得十分開心。」

志狼看著梨花的背影，不敢將「我也是」這幾個字說出來，因爲他害怕一旦將它說出口，或許有些事就會改變。

「今後，你有什麼打算？」梨花輕聲地問志狼。

「我……」

志狼一時不知如何回答她，他現在心裏想的全是逃走一事，關於未來，他根本無暇去思索。

若要說有的話，首要之事就是去解救貞澄。

「你一定很想立刻救出『龍仙女』吧？」

「妳怎麼會……」志狼訝異地說。

「我就是知道你的心事！」

（唉……在梨花的面前，我就是藏不住心事。）

「等這一次風聲過了，我陪你一起去救她。」

「喔！」志狼不置可否。

（梨花根本沒有陪我一起去冒險的理由啊！對於凡事毫無計畫的自己而言，只要跟梨花在一起，就能得到她的諸多幫助，這樣一來彷彿是在利用她似的……我實在不該再連累她了！）

志狼沈思著，梨花卻突然認眞地問志狼：

「你跟『龍仙女』打算怎麼治理這個國家？」

（啊！妳終究是對「龍天子」有所期待……

然而，我卻什麼事也無法做呀！）

「我並沒有什麼特別的打算。」志狼淡淡地回答。

第十四章 志狼要求分贓

「什麼？」梨花詫異地轉過頭來看著志狼。

（算了，妳不會瞭解的……還是轉移話題吧！）

志狼和梨花再度乘著馬爬上陡急的斜坡，前方有一個被岩石、樹木所圍繞的寧靜湖泊，瞬間映入兩人的眼簾。

梨花在湖畔停下來，接著她下了馬，志狼也跟隨在後。

「或許你不是『龍天子』？」

梨花注視著湖面問道。

「我……」

志狼不知該如何回答才好。他可說以回答：「是」，也可以說：「不是」。

其實，他並不喜歡這種曖昧的感覺，但是如今也莫可奈何。

「你身爲『龍天子』，就應當擔負平定亂世、安國定邦的使命，我會助你一臂之力的。」

梨花的眼神十分地認眞。

「我不能……」

而梨花看見志狼一副爲難的樣子，又問道：

「爲什麼？」

「我不想再見到任何人因爲我而犧牲生命，也不願再次連累他人。」

「你太仁慈了！」梨花嘆了一口氣說。

「或許吧！」

但是，梨花隨即以銳利的眼神瞪著志狼說：

「你有沒有想過在太平盛世時，你這種態度或許無妨，但是現在是亂世，無論你仁慈與否，一樣會有許多人成爲犧牲者……」

（就算是這樣，我又能做些什麼呢？）

志狼無言以對。

「如果你不希望再有人無辜地死去，那麼就只有經由戰爭來一統天下，才能解決一切。」

梨花的口氣相當強硬。

「很抱歉，我還是做不到。」志狼別過臉去。

「爲什麼你要逃避？」梨花繞到志狼的前面，正視著他的臉。

「逃避？」

「是的，你究竟要逃避『龍天子』的身分到幾時呢？」

志狼依舊沈默不語。既然他有太多的事無法對梨花坦白，不如什麼話都不要說。

「還有，你也在逃避我。」梨花又說。

「啊？」志狼訝然。

梨花明亮的眼眸中，彷彿有千言萬語要對志狼傾吐。

「如今我只是孤單一人，唯一能夠託付的人就只有你……」

梨花說話的聲音越來越低。

「梨花……」

在志狼要回答之時，梨花突然抓住他的手，接著整個人依偎在志狼的胸前。

「不要逃避……」梨花細細的聲音傳入志狼的耳中。

（我也不想逃避啊！然而……）

志狼感到心頭一陣緊縮，他伸手將梨花攬向懷中。

就在這個時候，志狼突然聽見不知從何處傳來的可厭笑聲。

他攬住梨花的肩膀，環顧四周。

這種似曾相識的笑聲，令志狼不由得全身緊繃起來。

之後又有一個聲音響起，志狼他們的馬匹受到驚嚇而嘶聲四起，隨即往森林中奔逃。

令人不快的笑聲愈來愈大，頃刻間，草叢之中跳出兩個壯碩的大漢。

（是牛朱和牛綠他們！）

接著，一股強烈的妖氣逐漸逼近志狼，一名身穿鎧甲的男人騎著駿馬，出現在志狼和梨花的眼前。

「司馬仲達……」

志狼神色不變，心跳也跟著加速。

第十五章

傾聽大地脈動

「你這個殺死飛飛的凶手，納命來！」梨花說著便準備撲向仲達。

「梨花，不要！」志狼拉住梨花，將自己身子擋在她前面。

「你以爲你逃得出我們的手掌心嗎？」牛朱說道。

「司馬大人早就料到你會往這裡逃了。」牛綠接口。

志狼背對湖面，抬頭望向騎馬立於高處的仲達。

「殺了我，你不怕曹操不高興嗎？」

仲達只是冷眼看著志狼。

「你不必再強辭奪理了！」

「反正今天不是你死便是我亡。」

「沒錯。」

牛朱和朱綠兩個一搭一唱。

「無論如何，你就是不能死是吧？」仲達終於開了口。

「對於一心想拯救『龍仙女』的你而言，只有你活著，才能保證『龍仙女』平安無事。」

志狼感覺到梨花正在注視著自己。

「然而，我們根本不在意『龍仙女』的死活。」

話剛說完，仲達如老鷹一般的銳利眼神，直盯著志狼瞧。

志狼感覺到有一股強大的壓迫感逼得自己快窒息了。

「對你來說，我眞是個非得剷除不可的阻礙嗎？」志狼問仲達。

「看看你額上那顆象徵『天命之相』的黑痣，正是威脅我『破凰之相』的明證。」

「破凰之相？」志狼不解地望著仲達。

「你不知道嗎？擁有『破凰之相』的我，就擁有隨意操控亂世的力量。」

志狼抬頭看著仲達，雖然無法看清楚他那被頭盔所覆蓋的臉，但志狼卻可以明顯地感受到對方身上散發出來的危險氣息。

仲達所擁有的只是血腥和殺戮的野性，不同於野心勃勃想要一統天下的曹操，或是誓願復興漢室的劉備。

「總之，你是我擁有雄心大業的阻礙，必須趁早根除！」仲達往前一步。

「你才是禍亂的根源呢！」志狼不自覺地往後退半步。

這個時候，志狼感覺到一個奇異的聲音在呼喚著自己——一定要阻止這個男人！

（或許這就是我的使命吧！）

「如果你想逃走就逃吧！我要和這個凶手一決勝負！」

梨花一把推開志狼，往前衝去。

「等等，梨花。」志狼搭住梨花的肩膀。

「不要阻止我！」

梨花想要揮開志狼的手，卻被志狼捉住手腕往後拉。
「妳給我退後！」
梨花訝異於志狼口氣的強硬。
「妳不是他的對手，待會兒妳在後面觀看就好了。萬一我有危險時，妳再幫忙也不遲。」
「志狼，你……」梨花吃驚地看著志狼。
「從現在開始，我不會再逃避了！」
志狼說完便往仲達所在之處前進。
「牛朱、牛綠，你們倆去試試他有多大能耐。」仲達召喚兩人。
牛朱、牛綠又發出可厭的笑聲，兩人從左右兩邊向志狼圍攻過去。
梨花拉住志狼往後退了幾步，逐漸逼近湖邊。
目前情勢十分不妙，志狼即使和梨花聯手也不一定能夠擊倒牛朱、牛綠，更別提仲達了。不過儘管如此，他仍必須全力一搏。

志狼吐了一口氣，雙手合於胸前，兩眼注視著牛朱、牛綠的舉動。

而分別從左右兩邊圍攻的牛朱、牛綠，來到志狼面前時突然合而爲一。

志狼本能地往前踏出一步，向對方正面揮拳，轉瞬間，牛朱、牛綠原本重疊的人影又一分爲二。

志狼隨即往右邊的人影不斷使出迴旋踢，最後終於踢中了對方。

然而對方卻毫髮無損站立著，一點反應也沒有。

志狼接著出拳攻擊左邊，對方卻雙手交握，任憑志狼拳擊。

「哈哈，沒關係。」牛朱和牛綠一起說道。

接下來輪到牛朱、牛綠反擊，兩人有如畫圓圈一般，慢慢向志狼移動。

志狼屏氣凝神地注視兩人的行動，不料他們的身影逐漸幻化成三個、四個，直到最後，他也無法確定那一個才是實體。

眼看笑聲與幻影讓志狼的心志益發地混亂起來，他不得不努力集中精神，以判定這些幻影的實虛。

終於，影像再一次合而爲一。

志狼掌握最佳出拳時機，擊中對方。

「我在這裡喔！」他背後忽然有人冷冷說道。

志狼一發現對手迅速的攻擊，頓時來一個空翻，閃避過去，但另一邊還有一個敵人正等待著。

對方連續出拳，志狼立即反踢回去。

「哈哈……」笑聲再次環繞著志狼，而且頻率較先前更高。

牛朱、牛綠兩人的身影也逐漸分化成七、八個，志狼被兩人的笑聲及轉圈攪得頭昏眼花，根本無法分清楚虛實。

志狼盡力運氣調整呼吸，讓心神穩定下來，而後他以撐在地面的手腕爲支點，蹲低身體使出迴旋踢。

「啊！」志狼頓時感到一陣劇痛，不由得停止了攻擊。

牛朱、牛綠低頭俯瞰志狼，志狼本能地想要站起，哪知左邊一陣拳風掃過，他的胸口又是一陣劇痛。

「志狼……」

梨花喊道，她的手瞬間動了一下。然而在仲達銳利眼神的監視下，梨花無法再多作反應。

「『龍天子』的能力原來不過如此，哈哈！」

牛朱、牛綠乘勝追擊，又讓志狼挨了好幾下拳頭。

志狼強忍痛楚站立著，牛朱、牛綠繼續從兩側靠近，各自抓著志狼的手腕，往異常的角度扭轉。

頓時，他的手腕關節發出難聽的磨擦聲，此刻的他已經無法叫出聲來，

他的雙手也完全失去了力氣。

梨花在一旁實在看不下去了，當她持飛刀的右手揚起時，仲達也在同一時間向她投射一把劍。

「鏘！」梨花的飛刀被仲達的劍彈落，插在地面上。

梨花趁勢翻轉飛躍往牛朱踢去，但是下一秒鐘，梨花卻倒臥地上，原來她被站立不動的牛朱反彈後摔落在地。

「哎唷！」梨花抬頭瞪著眼前的大漢。

「不如我們先來處置這個小妞吧！」

「好！」

牛朱、牛綠開始圍著梨花繞圈子。

「志狼！」梨花驚叫。

梨花想要突破重圍，卻被牛朱、牛綠的拳風彈回。

一旁的志狼目睹這一幕，他想要爬起幫助梨花，奈何全身力氣盡失，無法動彈，他彷彿昏睡著一般，只聽見自己脈搏的跳動聲。

「啊！」

梨花的一聲尖叫，引得志狼轉過頭去。

只見牛朱抓著梨花，而牛綠眼露凶光，手握短劍，正準備對著梨花的喉頭下手。

剎那間，志狼彷彿從沈睡中甦醒一般，如電光火石般迅速恢復的意志，使得他的身體也恢復了活動的能力。

「住手！」志狼大喝一聲。

他用脚趾拾起一塊小石頭，以極強的力道將石頭彈出，正好擊中牛綠持著短劍的手。

牛綠手中的劍頓時偏了方向，原來刺向喉頭的短劍劃過梨花的肩頭。

「咻」地一聲，志狼的第二顆石頭的目標是捉著梨花的牛朱。

「唔……」

牛朱的手上沁出一道血痕，他痛得放開手，梨花趁機逃開。

牛朱、牛綠並不去追梨花，只是瞪大雙眼，吃驚地看著志狼。

志狼緩緩地站了起來，同時舒展一下幾乎痙攣的肩膀肌肉，並且將原本已經脫落的關節恢復原狀。

「怎麼會……」

牛朱與牛綠露出無法置信的表情，呆呆地注視著志狼。

志狼站穩身子，他感覺到自己的身體再度能夠隨著意志靈活運用。

一種莫名的脈動支配著志狼的肉體，此刻的他達到「身心合一」的境界，能夠身隨意動……這也是左慈仙人當初希望志狼學會的仙術。

如今，志狼終於學成了「雲體風身」之術。

「看來『龍天子』已經學會仙術，此刻的他已不可同日而語了。」

仲達喃喃自語。

情勢瞬間扭轉過來，志狼已不再畏懼敵手，反而換成牛朱他們備感威脅。

牛朱和牛綠捺不住性子，從左右兩邊向志狼攻擊。

志狼伸出兩手的食指，分別往兩人額頭按去，兩個大漢剎那間靜止不動，只能睜大眼睛，驚恐地看著志狼。

「不必擔心，我不會濫殺無辜的！」

志狼說罷，再度出拳，牛朱和牛綠兩人呻吟著往後倒下。

志狼接著向仲達逼近。

而坐在馬上的仲達，則依舊面不改色地俯視著志狼。

「你知道我此刻心中的想法嗎？」志狼沈靜地說道。

「解救少女之後離開這裡。」

仲達銳利的眼神盯住志狼。

「不過，我不會讓你稱心如意的。」

仲達抽出插在馬腹旁的長槍，騎著馬緩緩來到志狼所在的湖邊。

下一秒鐘，仲達突然策馬向志狼衝來，手中的長槍不斷地畫著圓圈。

志狼往地面一滾，閃過仲達的攻擊；仲達隨即拉著馬轉身，再次對著志狼攻來，志狼也在瞬間飛躍而起。

「愚蠢的人！」仲達冷笑道。

仲達揮舞著銳利的長槍刺向空中的志狼，而梨花不忍卒睹地閉上眼睛。

然而，長槍突然遇到了阻礙，仲達驚訝地抬頭，只見志狼手抓著一根樹枝，而仲達的長槍正插在樹枝上。

仲達跳下馬，他的雙眼注視著志狼。

「想不到你竟然能夠躲過我的長槍。」

仲達才說完，立刻將長槍對準梨花所在的方向。

「不過你一定不想見到這個小妞代替你死吧！」

「志狼，不要管我！」梨花叫道。

「梨花……看我的！」

志狼抓住纏繞在樹幹上的藤蔓，接著他的雙腳往樹幹一蹬，整個人筆直地向著仲達飛去。

嚴陣以待的仲達則舉起長槍，對準飛過來的志狼使勁刺去。

眼看著志狼就要被長槍刺中之際，他突然旋轉身體，讓藤蔓纏繞在自己身上，整個身體因而往上昇，接著避開了仲達的長槍。

最後，志狼再一個反轉身，在梨花的身旁著地。

「抓牢了！」

志狼說完，接著單手抱起梨花，梨花則緊緊攀住他。

「往那兒逃！」

仲達的長槍再度刺了過來。

志狼抱著梨花，並迅速地拉住藤蔓，他的身子往上昇去，彷彿飛龍昇天一般，兩人一下子便回到志狼先前所在的枝頭。

仲達抬頭，以一種困惑的神情注視著志狼。

「我們的恩怨就在此作個了斷吧！我一定要阻止你的野心！」

志狼對著仲達放話，之後交代梨花。

「妳要抓緊喔！」

隨後他的雙腳往枝頭一踢，抓著藤蔓的兩人便如同鐘擺一樣搖晃起來。

志狼慢慢地放開原本繞在身上的藤蔓，就憑著那逐漸伸展的藤蔓，志狼和梨花在湖面上飛舞。

最後，兩人的身體落在瀑布的源頭附近。

「我們要掉到瀑布裡了！」梨花驚叫。

「不要怕，一切有我。」志狼安撫著梨花。

志狼一面受到流向瀑布的水流壓力推擠著，一面用力拉扯手中的藤蔓。藤蔓瞬間自樹上脫落，掉落到志狼手邊，他立刻以藤蔓綁住水邊的大岩石。

「走！」志狼再次以雙腳往大岩石一蹬。

他一手抓著藤蔓、一手抱著梨花，往瀑布潭中縱身一躍。

瀑布的水不斷往兩人身上沖淋，志狼以藤蔓調整兩人落下的速度。

「想逃？」

仲達下了馬，開始在湖畔疾奔起來。而後他那像貓一般的矯捷身手，從瀑布旁邊垂直的峭壁往下俯衝。

當志狼兩人下到潭中，站在一個好不容易才發現到的小石頭上時，郤赫

然發現仲達已早他一步在岸邊等待著。

仲達的眼中閃爍著勝利的光芒。

志狼抱著梨花站在小石上，他的背後臨近斷崖，左右兩邊分別是瀑布與急流，而正面岸邊又有仲達在守株待兎，此刻的情況眞可謂四面楚歌。

「『龍天子』，看來勝負已經確定了，」

仲達嘴邊浮現一抹帶著邪氣的笑容。

「是嗎？」志狼也回了他一個淺笑。

瞬間，志狼集中精神祈禱，同時他使勁將手中的藤蔓一拉。

只見那藤蔓宛如接收到志狼的訊息一般，立即繃緊牽扯，使得那塊大岩石爲之傾斜，刹那間，水流以萬馬奔騰之勢直瀉而下。

而早在水流傾瀉之前，志狼已甩動藤蔓纏掛住頭頂上的樹枝，並且使力一拉。因此在水流當頭灑下的同時，他也早抱著梨花躍上半空之中了。

不過仲達的身手也不弱，他在被水流吞沒的前一秒，身體高高地躍起，而後在背後的大岩石上落定，湍急的水流瞬間淹沒他的腳踝。

「受死吧！」仲達向志狼投擲長槍。

「志狼，危險！」

梨花迅速轉身護住志狼，結果仲達投擲的長槍刺中了她的脚。

梨花慘叫一聲。下一秒鐘，湍急的水流立即將兩人吞沒，志狼眼尖，看見眼前有一塊浮木，他馬上將它抓住。

待志狼再次從水中抬起頭來時，正好看見仲達手中握劍，準備再次狙擊他。

然而，在仲達還來不及出手之前，抓著浮木的志狼和梨花早已被湍急的水流沖走。

在水中漂流一段時間之後，志狼和梨花被帶到下游水流和緩的地方。

「妳還好嗎？」志狼抬頭問道。

梨花點頭表示無恙，隨後問道：

「那個人是不是死了？」

「我不清楚。不過，他暫時應該不會再追來了。」

志狼從水中探出上半身，並將身體靠在浮木旁，接著他把梨花抱起來。

梨花溼透的秀髮垂在額上，一雙大眼凝視著志狼。

志狼開口想說些什麼，然而話未出口卻先打了個大噴嚏。

「傻瓜！」

梨花含羞帶笑地用粉拳輕敲志狼的胸前。

第十六章

再會老虎

「好痛哦！」梨花皺眉喊著。

「妳再忍耐一下，等會兒就好了。」

志狼正在替梨花療傷，她肩上的傷並無大礙，但是在她脚跟內側的傷卻深可見骨……但幸好未傷及骨頭。

志狼撿了些小樹枝起了個火堆，在將兩人潮濕的衣服烘乾的同時，兩人相對坐著。

「志狼，你果然是『龍天子』……」梨花看著志狼。

「嗯……」志狼簡單地回答，他不想再多做解釋。

在這個時代裡，他已被命定爲「龍天子」，這已是無法改變的事實。

「你會爲這個國家帶來和平、安定吧？」梨花目不轉睛地盯著志狼問。

「啊！這個……」志狼一時爲之語塞。

不過他又想到如今能夠阻止仲達興風作浪的人，就只有自己了。

「我還不知道……不過，今後我不會再逃避了。既然那是我的使命，我就一定會去完成的。」

（如今我能承諾她的，就只有這些了。）

果然，梨花聽了他的話之後，立刻露出安心的表情。

「我相信你一定做得到！」

此刻的梨花雖然滿身泥濘，但是依然掩藏不住她的天生麗質，志狼不由得看傻了眼；而梨花也被他瞧得臉頰浮上一片紅暈。

「我們就此分別吧！」梨花突然說道。

「可是妳的腳……」

「不必擔心！長久以來，我一直是自己照顧自己的。」梨花微笑地打斷志狼的話。

志狼也笑了，他確信梨花是有這樣的本事的。

「而且，你心裡已經有『龍仙女』了。」

梨花的神情轉為嚴肅。

「啊？」志狼不解。

「為什麼你的個性是如此地憨直呢？既不會耍手段，也沒有野心……讓人無法放心託付於你……」

梨花講到這裡，眼睛突然濕潤起來。

「儘管如此，我卻仍然喜歡你……」

面對梨花突如其來的表白，志狼也慌了起來。

梨花像是看穿志狼的心思一般，她接著說：

「不要對我太溫柔，你就以『盜賊的朋友』這個身分跟我各分西東吧！」

志狼想了一下，點頭表示同意。

（就這樣吧！否則再繼續和她朝夕相處下去，只怕遲早會讓她發現我不

是屬於這個時代的人。若是有緣的話，他日我們一定會有再見面的機會。）

「你打算再回去投奔劉備嗎？」

「或許吧！那麼妳呢？」

「我是走江湖賣藝的，自然是繼續一邊賣藝，一邊遊走江湖了。」

（不過，今後卻卻剩我獨自一人了。）

梨花這句心中的話終究沒說出口，她對著志狼燦爛地笑道：

「不必擔心我，我是個隨遇而安的人，這世界到處都可以結交新朋友的，說不定下回會讓我找到另一個好男人喔！」

志狼笑著點頭。憑梨花的聰明與美貌，絕對是有許多機會的。

「如果哪天我有了妳的消息，我一定會去探望妳的。」志狼說。

「好啊！」梨花笑著回答，心中卻是酸酸的。

志狼微笑地看著梨花，梨花也以開朗的笑容，不同的是，她的笑容中多了一分落寞。

「真的該說再見了。」梨花說。

「我們一起走吧，讓我送妳一程吧！」志狼仍擔心梨花的傷勢。

但梨花輕輕地搖搖頭，她將手指貼在唇上吹著；志狼聽不見梨花吹出任何聲音來，然而不知從何處突然冒出一隻金毛猴子來。

金毛猴子「蹦」地一聲跳到梨花的肩上坐著。

「海……」梨花輕撫著小猴子。

這時候，突然又有二十隻左右的猴子從岩石上、林中陸續跑了出來，其中最大的站起來甚至高達志狼的胸前，牠們皆以擔心的神情包圍著梨花，這個景象教志狼當場目瞪口呆。

「牠們知道哪裡有可以療傷的溫泉喔！」梨花笑著說。

志狼聞言不由得笑了出來。

「再見……」

在猴子的簇擁下，梨花轉身慢慢地走著，志狼則目送著她離去。

「不要再偷東西了！」

梨花輕輕揮了一下手，示意她知道了，隨即往岩山方向行去。

她的身影已消失許久，志狼仍佇立在原地。

好一會兒，他才慢慢地往自己要去的方向邁開步伐。

不久之後，志狼來到小岩山的頂端。他向遠處眺望，仍可見到許昌的街景，志狼不由得想起現在仍獨自一人在生死邊緣掙扎的眞澄。

（我一定會去救妳的！眞澄，請妳等著我！）

志狼在心中呼喊著。

數日之後，志狼來到一座森林中。

此刻的他已是個充滿信心，且對自己擁有的力量既自負又自謙的男子。

再越過一座山，他就到達左慈仙人所在的岩山了。

志狼打算向左慈仙人報告自己已經學會「雲體風身」之術，並且準備研習其他的仙術，而後或許再次投效劉備也說不定。

（我要多加揣摩母親留下的遺言——「使命創造命運」的涵義。

世界上每一個人都不可能毫無理由地生存著，一定有需要他去完成的事……因此，我必須努力去完成自己的使命。）

就在志狼沉思之際，一隻老虎擋住了他的去路，並飢餓地盯著他不放。

瞬間，老虎前肢低俯，擺出攻擊的姿勢。然而志狼卻不為所動，依舊向前走去。最後，或許是老虎震懾於志狼所散發出的氣勢，竟讓開了路，使得志狼得以從容經過。

現場只留下眼中充滿敬畏之色的老虎，注視著已遠去的志狼背影。

作者後記

我曾經耳聞過這樣的事情，不知到底是眞實與否。

在中國的某個城鎭裡有一家以湯聞名的小店，店主以一口極大的鍋子熬湯，鍋裡頭依序放入水、菜屑、雞皮等等。幾百年來，這家店的爐火不曾熄過，持續地熬煮著湯汁。

在中國，我們似乎隨處可見千百年維持不變的事物，也因此，漢、唐、明朝百姓們的穿著全是一個樣子。如果不是中國文明長期停滯不前，或許中國早已超越今日的發達。

我在提筆之前，已經閱讀過不少關於古代中國的生活及風俗的書籍，所得到的感想是：雖說是「古代的中國人」，然而他們飲食生活卻是非常地多樣化。

書中曾提及飛飛喜歡的食物——生豬肉片，亦即醋拌生豬肉。由於該料理是宴客時才以飼養於後院裡的活豬來料理，因此烹煮的材料非常地新鮮。

當然，中國文明進步的不只有食物而已，曲藝也是其中之一。當時已經出現了有如今日之雜技團的曲藝團，後漢時代所繪的各種藝人圖像，畫面中呈現出熱鬧快樂的氣氛。基於這個原因，才會有梨花與飛飛這兩個角色的出現。

然而在歷史的背後，人們仍是需要吃飯、需要娛樂的，因此讀者們不妨將本書視爲充滿生活感的作品來閱讀。再者，既然是「外傳」，讀者們若能以讀稗官野史的心態來觀之，也將帶來不少的樂趣。

最後，本人恢復到一個讀者的身分，樂意見到志狼繼「龍狼傳」之後，能夠持續地活躍下去！

一九九六年　八月

並木敏

關於「外傳」

讀完「外傳」後，我所說的第一句話便是：「太有趣了！」幾乎令我產生「會不會較『原著』更加有趣？」的危機感來。

乍聞決定將「龍狼傳」予以小說化時，本人與負責的編輯皆表贊同，然而現在卻有些擔心……因爲情節一旦過於雷同，站在漫畫家的立場是否會喜歡呢？

「外傳」是將志狼生存在這個時代裡內心的變化予以戲劇化，主要目的是要傳達「一個人必須能夠作自己的主人」這個訊息。希望讀者們都能夠經由志狼的成長歷程，學習到任何事都不能放棄的處世態度。

德國詩人荷魯曼・荷西曾經說過：「所謂的『英雄』是擁有擔負自己命運的勇氣的人。」能夠面對挫折而不悲觀，並鼓起勇氣加以超越的才是英雄。

世上沒有比以自己所擁有的人生爲傲而生存著，更令人感到幸福的事了！

爲此，我要感謝並木先生，經由他的生花妙筆，將我心中的想法更明確地傳達出來。

附帶一提的是，並木先生現在正執筆將手塚治虫先生的漫畫予以小說化。我一思及自己的作品竟能由將手塚先生作品小說化的並木先生執筆完成，心中就有著筆墨無法形容的感動。

若是支持我的漫畫作品的讀者們，也能夠以同樣的心情給予這部小說作品肯定的掌聲，那對我而言將是有如作夢般幸福的事。

當然，人在幸福之中仍必須具有責任與使命感才行。（笑）

最後，本人要向並木先生以及將「龍狼傳」小說化而盡心盡力的編輯、工作人員，還有閱讀本書的所有讀者們致上最深的謝意！

一九九六年　八月

山原義人

勁爆文庫 P 015

龍狼傳外傳
——龍天子甦醒

作者：並木敏
挿畫：山原義人
譯者：陳佩雲

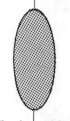

86.1997.2.26.三

發行人	潘意平
編輯主任	何曉琪
執行編輯	連秋香
文字編輯	李佳珍・黃憶眞・顏惠君
特約編輯	連德成
美編主任	胡柏芳
美術編輯	張靜玉・江依珉
發行所	加珈文化事業有限公司
地址	台北市承德路二段 81 號 9 F之 1
電話	(02) 5586352・5586362
FAX	(02) 5581665
劃撥帳號	17733898
製版	聯宇照相製版有限公司
印刷	科樂彩色印刷有限公司
經銷	東立出版社直銷部
香港總代理	東立出版社香港有限公司
香港電話	23862312

行政院新聞局局版台業字第 6132 號
1997 年 2 月 25 日初版
定價 140 元

龍狼伝外伝①（りゅうろうでんがいでん） ——竜の子が目覚めるとき——